感动

中共成都市武侯区委宣传部
成都市武侯区文学艺术界联合会 编

四川文艺出版社

图书在版编目（CIP）数据

感动/武侯区作家协会编. — 2版. — 成都：四
川文艺出版社，2019.4
ISBN 978-7-5411-5352-5

Ⅰ.①感… Ⅱ.①武… Ⅲ.①报告文学—作品集—中
国—当代 Ⅳ.①I25

中国版本图书馆CIP数据核字（2019）第047061号

GANDONG

感　动

中共成都市武侯区委宣传部
成都市武侯区文学艺术界联合会　编

责任编辑　孙学良
封面设计　郭　阳
内文设计　四川省经典记忆文化传播有限公司
责任校对　汪　平

出版发行　四川文艺出版社（成都市槐树街2号）
网　　址　www.scwys.com
电　　话　028-86259285（发行部）　　028-86259303（编辑部）
传　　真　028-86259306

邮购地址　成都市槐树街2号四川文艺出版社邮购部　610031
印　　刷　天津兴湘印务有限公司
成品尺寸　165mm×238mm　　　　开　　本　16开
印　　张　13.25　　　　　　　　　字　　数　160千
版　　次　2019年4月第二版　　　印　　次　2019年4月第一次印刷
书　　号　ISBN 978-7-5411-5352-5
定　　价　48.00元

朴素的感动

巫　敏

　　朴素的感动是无私奉献下的心灵共鸣，触动我们灵魂的或许是一句暖心入肺的话语，或许是一个雪中送炭的举动……这样的感动是一段心灵相通、心心相印的人生旅程，这样的旅程没有繁复的仪式，是给陷入困境而徘徊不定的人们以无私的奉献和关爱，像灿烂的阳光可以驱散心灵的雾霾。

　　我们寻找"感动武侯人物"至今已三个年头，寻找就是汇聚群众身边的那一份份小感动。正是我们身边涌现出的无数个小感动，最终成了影响一个区域的大感动，进而实现了一个区域的和谐繁荣。

　　这样的感动是那么的自然纯粹和朴实无华，没有沾染半点尘埃，不会因高低贵贱、地域差别、感情多样而褪色，会让身临其境者情不自禁动真情。

　　"内心认同才能自觉践行，春风化雨才能润物无声。"

　　为培育和践行社会主义核心价值观，助力成都市建设国家中心城市、世界文化名城和国际化大都市，中共成都市武侯区委宣传部、成都市武侯区文学艺术界联合会、成都市武侯区作家协会特组织省内部分报告文学代表作家，通过报告文学的表现手法，书写和记录一个个身边感动人物的人性之美。

　　《感动》一书共收录了两届"感动武侯"十大人物，他们是一群既普通又非同寻常的人：有守护新生命的助产士，有潜心钻研的汽车修理工，有帮助智障孩子健康成长的志愿者，有照顾重病丈夫不离不弃的好妻子，有给外地白血病患者来蓉治疗提供居所的耄耋老人，有把濒临破产企业打造成为国内领军企业的发展带头人……

这些身边感动人物不是惊天动地的大人物，但他们的事迹所产生的感动力量却无比强劲，像荒漠中迎来的一滴滴雨露，让枯木萌发出生命的嫩芽，绽放出一片片焕发着勃勃生机的绿洲。

这样的"感动"一直活跃在我们身边，像炎炎夏日的口渴者品尝到山涧流淌的那汨汨甘泉，像寒气袭人的过冬者感受到扑面而来的那缕缕暖阳。

我们期待通过这样的书写和记录，宣传一批典型人物和先进事迹，让更多的人加入到寻找和发现身边感动的行动中来，带动更多的人成为真善美的宣传者、践行者和维护者，让感动成为推动发展的共识和力量。

"求木之长者，必固其根本；欲流之远者，必浚其泉源；思国之安者，必积其德义。"

珍惜身边感动，不要让"感动"从身边擦肩而过。让我们静下心来，心怀对生命的敬畏，用一颗平常心来感知和触摸生活，品味"感动"浸润下的人间大爱。

感动是时代的共鸣，感动你我他，才能让感动之光照亮世界。我们期待《感动》一书成为培育和践行社会主义核心价值观进程中的一片片绿叶，让我们的生命之花更加璀璨，让我们的世界释放更多温暖。

（作者系中共成都市武侯区委书记）

目录
CONTENTS

英　雄 / 1

大奖的失而复得 / 11

父　爱 / 22

永不磨灭的爱 / 32

隐形的守护者 / 42

彩虹之路 / 54

温暖的家 / 64

老外的"中国梦" / 73

扎　根 / 83

一条没有终点的路 / 93

两千多片绿叶 / 103

打开另一扇窗 / 113

莲花圣地的使者 / 123

爱的坚守 / 133

一盏暖灯 / 144

摆渡生命之舟 / 156

硬　汉 / 166

雪域高原的印迹 / 175

一座建筑的寓言 / 185

榜样的力量 / 194

英　雄

文 / 税清静

面对尖刀临危不惧，保安刘彪挺身而出，被大家称为"最勇敢保安哥"。

英雄的光环之下，他依旧是那个纯朴憨直、不忘初心的青年，有人愿意出几十万来捧红他，将他"当代英雄"背后的利益挖掘出来，他一口拒绝了。尽管可以获得很高的收入，但他说："那不是我想走的路。"

聚焦

提到几年前的那个寒夜，刘彪的眼睛唰的一下就亮了。那是2012年12月14日凌晨，天气异常寒冷，呵气成霜。当晚轮到刘彪上夜班，他准时来到成都置信北路1号小区门口换班，公司规定值班保安不能坐在岗亭里，于是他身体笔直地站在岗亭旁，瞪大的眼珠像台转动的雷达，监控着小区外围。

保安们不喜欢凌晨两点到八点值夜班，这个时间，原本应该躺在温暖舒适的软床上睡着甜蜜的瞌睡，而不是这样直挺挺地站在岗亭外，冻得像根萝卜。

刘彪身上虽裹着一件厚厚的军大衣，还是冷得够呛。他抬头看看头顶晕黄的路灯，在寂寂冬夜，灯光仿佛也被冻住了，一圈一圈光

爱上学习的刘彪

晕冷冷地罩下来，路上多了几分凄清。

这时，他的双腿不受控制地抖了几下，他知道自己太冷了，于是赶紧跺跺脚，脚轻轻地跺，怕打破了这黑夜的静寂。

突然，一串高跟鞋跟敲打路面的声音由远及近，一位年轻女士正从少陵路经小区门口往双楠人人乐超市方向走过。刘彪的注意力被年轻女士身后一个奇怪的男子吸引住了：那男子穿一件又脏又旧的外套，长长的头发几乎盖过眉毛。他低头疾步往前走，两只手像鸭子的翅膀，在身旁摆个不停。

当保安是要求警觉的，刘彪相信这一点，"前辈"也告诉过他：安全问题是大问题，当保安要有对危险的预警能力。现在，他眉头紧锁，用心观察这个奇怪的男子，看他脚步突然快起来了。

因为视觉盲区，又是深夜，刘彪差点看"丢"了人，他揉揉眼睛，那男子身影一闪就忽然不见了。这时，他突然听到一声尖厉的女声："救命！有人抢劫！"刘彪迅速往人人乐超市方向跑，他和刚抢了女士挎包的那男子撞了个满怀，两人双双跌翻在地。

刘彪飞快地从地上爬起来，他来不及思索，条件反射性地一个饿虎扑食，将起身想要逃跑的男子扑倒在地，并将挎包从他手中夺了过来。刘彪不知这劫匪到底是个体作案，还是团伙行凶。他赶紧掏出对讲机，呼叫值班同事火速支援。就在刘彪用对讲机和同事联系时，劫匪拼命地挣脱出一只手，这只手从他自己的包里扯出一把10厘米长的尖刀，狠狠刺了过来。

刘彪下意识地用手一挡，几个指头被利刃划破，血流如注。他挡住了第一刀，第二刀又朝刘彪的脖子狠狠地砍过来，那刀锋直奔刘彪的颈动脉。若这一刀砍下，后果不堪设想。危急时刻，刘彪拿出格斗功底，用左臂当肉盾，奋力抵挡。这是一个北风阴冷的冬夜，刘彪的厚外套外还裹了一件棉大衣，但数层衣服都被割破。他左上臂的伤口裂开，一股疼痛钻心而来。他倒吸了一口冷气，幸好伤到的只是臂膀。

疼，真的疼，刘彪那时还不知自己受伤的程度，只看到鲜血不断洇出来，膀子上很快就染成一片深酱色，手指关节也是鲜血淋漓，皮肉掀开，动一动都疼得要命。当时，他已经没有精力来顾虑自己的伤势。他怕一只手制服不了劫匪，所以即使左臂负伤，两手仍然如铁钳般死死地抱着劫匪，与他扭成一团，任由伤口疼得他直冒泪花，但他仍然没有选择退缩，更无惧对方刀尖不时威胁着自己的性命。这时，周围巡逻的同事冲了过来，刘彪勇气大增，趁着劫匪愣神的机会，飞起一脚，将劫匪踢倒在地，夺下了他手中的利器。

警察给刘彪验伤时，问他是不是"练过"，他说"是的"。格斗、拳击，他都喜欢，而且平时有锻炼。警察说："这就对了，你要感谢自己是'练家子'，否则照你伤口看来，那刀其实是想砍你颈项的，稍不留神，连小命都会搭进去。人家有刀啊，你不怕？"

怕吗？刘彪事后细细回想，其实内心并没有那么大的取胜把握，但是作为一个保安，如果自己都恐惧对方是悍匪，那还能做好保安这项工作吗？还对得起"保安"——"保护安全使者"这个身份吗？

讲到这里，刘彪脸上的线条更加俊朗，每道皱纹里都暗藏着坚毅。是的，比起畏惧来，他更看重这份职业的"本分"，尽管多年前他自己都不认为"保安"是什么好称谓。

过往

那时，刚满 20 岁的刘彪还很青涩，置信房产招聘保安，他跑去应聘，一量身高，一米七七，人家说"我们需要一米七八以上的身高呢"，但看这小伙子浓眉大眼，精神劲儿不错，就同意他试一试。他通过了文化课考试，又当场打了军体拳，做了几个标准的军姿后，部队出身的保安队长决定网开一面——这娃儿虽然不算太高大，但却是块当保安的好料！

于是一米七七的刘彪顶着"刘矮子"的绰号，穿上了笔挺的保安服。那时，他对当保安其实是"雾里看花"的，虽然之前在重庆考了一个保安上岗证，但如何在实际生活中履行保安职责，刘彪依旧一头雾水。

置信房产保安如一家，有看似严厉其实内心柔软的队长，有雷厉风行关心下属的班长。他们言传身教，一点一点教刘彪，包括如何穿衣，如何戴帽，如何敬礼，桩桩件件的琐碎小事为刘彪后来的人生刻下了鲜明烙印。

现在的他，刚过而立之年，脸庞已脱去了童稚的迷茫与青涩，一双眼睛清澈明亮，平头利落，衬衣雪白，裤缝笔挺，皮鞋一尘不染，发出柔润的亮光。

如果让现在的刘彪穿越到过去，他会选择对当年的"小刘矮子"说什么呢？他会说："腰板再挺直一点，我是保安，我骄傲！"

时光倒带，生命逆行。那时的"小刘矮子"其实不太开心，更谈不上骄傲。因为他被一个秦姓业主狠狠地斥骂了，双方僵持在小区门口，豆大的汗珠从他帽檐下面悄悄滚落，他压根不晓得怎么收拾这个尴尬的局面，心里慌得怦怦乱跳。

"老子今天就要进去，你把门给老子打开！"

"这位业主，请先告诉我，您住在几栋几单元几号，我们要核实才能开门。"

"老子天天打你们眼皮底下过，你们是瞎了还是傻了？连老子都认不出来？快点，让老子把车开进去，废话少说。"

"业主，如果您不告诉我们具体房号，我是不能开这个门的。"

"不开？不开就给老子喊你们经理来，你个瓜娃子，傻兮兮的，晓得啥子？哼，连老子都不认识，老子的路都要挡，好狗还不挡路呢！我告诉你，你们保安就是一只看门狗！你别冲老子'汪汪汪'，老子生起气来，好狗坏狗都要打的！"

一泡热辣辣的眼泪，几乎就要顶开刘彪的眼皮了。"看门狗，看门狗"，那位业主还指手画脚地怒骂，他的委屈在心里翻江倒海，却不敢流露半分。

领导过来了，业主乖乖报上房号，经物管核实后，的确是业主本人，遂放他车通行。秦业主气哼哼地转方向盘，扭头对刘彪说："看门狗，以后把眼睛放亮一点！"

男儿有泪不轻弹，刘彪没有当着大家的面掉泪，晚上和家里打电话，听到妈妈暖融融的声音，还是忍不住喉头哽咽了。妈妈其实一开始就反对宝贝儿子去当保安，她说咱儿子凭啥去保护那些不知好歹的人，说出去还是个看门的，不好听！

刘妈妈敏感地觉察到儿子的异常，问刘彪是不是做得不开心，如果不开心就回家，家里又不缺他那几个钱，就算在家休息一年半载都可以！刘彪瓮着鼻子说："妈，我挺好的，就是……睡觉时没盖好被子，着凉了。"

刘彪放下电话，拿手指肚揉了揉眼窝，班长走到刘彪身后，拍拍他肩膀说："小刘，今天受委屈了吧？"他头一低，生怕班长看到自己没出息的样子。

班长话锋一转："不过，咱们保安班每个同志的业务能力都要再加强才行，现在，咱们是用'人防'来鉴别业主身份，大部分业主通情达理，配合我们工作。但个别脾气大的，觉得咱们保安都没用心，连谁是业主谁是外来者都分不出来，自然拿我们撒气。所以啊，如果我们能将这五百多户业主记得牢牢的，谁和谁是一家人，谁又住哪个房号，咱们一清二楚，也就不怕脾气大的业主再在鸡蛋里挑骨头了。"

刘彪仔细琢磨班长的话，越想越觉得班长说得对，虽然业主骂他是"看门狗"让他很伤心，但从业主的角度看，保安心里就该有本账，该把小区业主统统记下，按顺序编好号。他认为，自己还是业务能力差了，"眼力"不够好。

从此，刘彪变得更加刻苦了，他不但对应着业主名册，积极记背业主家庭构成、房号、是否买车，甚至连一些业主的"小毛病"也牢牢刻在了脑海里。比如有个业主是马大哈，外出常常忘记关门，好几次保安巡逻时发现他家房门大开，喊话又无人应答，还请警察上门，排除小偷入室盗窃的可能。这样的业主，经过刘彪的值班岗亭时，他会微笑着提醒："哥，今天锁好门没？"马大哈业主一拍脑门，恍然大悟："我还真记不得了，我还是先转回去检查一下吧。"

小区还有个可爱的酒鬼业主，有次夜间巡逻保安听到花丛中鼾声大作，还以为是混进来流浪汉，拿电筒一照，才发现是相熟的面孔，喝得太醉，好不容易进了小区，愣是寻不到自家的单元楼了，在下面转了一圈又一圈，最后累得不行，直接倒地呼呼大睡，一张嘴巴张得老大，也不怕飞进蛾子小蚊。刘彪找这位酒鬼业主聊天，半开玩笑地劝他："哥，少喝点酒嘛，喝醉了醉倒花丛中，还害得你媳妇寻你半宿。"

刘彪拿出一颗真心，和业主交朋友，当业主是家人，这是刘彪成长之路上最重要的启悟。他是个热心肠的小伙子，从小就嘴巴甜，遇到年纪大的称"伯伯""阿姨"，年轻的喊"哥哥""姐姐"，帮助业主时从不惜力气，有次一个独居老人在家病倒，儿子赶不回来，拜托保安将老人送到楼下救护车里。刘彪便从7楼，将一个胖大老人背起来，由于是小高层，没有电梯，他一步一个脚印地将生病的老人背到了楼下，将老人安妥地送上救护车，同事惊叫："你后背怎么染色了？"刘彪伸手一摸，不是染色，是渗了整整一后背的汗水，汗水将他衣服打得透湿，他这才感觉双脚不自在地打战，膝盖疼痛了好几天。

"奉献越多，越是快乐。"刘彪现在丝毫不计较别人嘲笑保安是"看门狗"了，不管上班下班，他总是面带微笑，业主有事请他帮忙，从没说半个"不"字。

郑奶奶提不动满满一篮菜，他飞快地跑过去，接住郑奶奶手中的菜篮子。张家小娃娃非常羡慕保安这份工作，他一有空就跑到岗亭去——里面有盾牌，那是他心中英雄的圣物——缠着刘彪给他讲故事，有时还赖在岗亭里写作业。同事都笑："刘矮子，你太好说话，咱保安岗亭都成托儿所了。"

刘彪在不违背原则的情况下，尽力去完成业主的要求，提供最温馨的安保服务，但他很快又遇到想不通的事了，明明是按照原则行事，为何又要被人非难？

朱阿姨算是业主中的"刺头儿"，在小区横行惯了，邻居提起她的大名来，都有几分惧怕，她家庭富裕，听说有千万资产，平时就耀武扬威，不可一世。

之前刘彪和朱阿姨也算是"点头之交"，值班时遇到朱阿姨，会微笑问好。所以，当物管求助于刘彪，说"实在收拾不了朱阿姨这个烂摊子了"，请他施以援手时，他还有一分信心，心想人都是讲道理的，跟她好好讲，莫非还不听？

刘彪进了小区物管办公室，先给朱阿姨倒了一杯水，将玻璃杯毕恭毕敬地送到朱阿姨手上。物管人员已经提前将朱阿姨嚷嚷的情况和刘彪通了气，所以他开门见山地说："朱阿姨，我晓得您最近在二次装修房子，处理建渣也非常麻烦。咱们小区有一个专门的建渣堆放点，您可以让装修师傅先堆在那里，等装修完毕，再给装修公司支付一定的费用，请他们将建渣带走，之前的业主装修都是依照这样的规矩办的。"

"什么？还要我出钱？我凭啥给钱？你们应该负责到底的！这个垃圾，也该你们运！"

"朱阿姨，实在对不起，物管没有运走建渣的义务，我们只能提供临时堆放建渣的地方。"

"你们不管？你们难道是死人？这也不管那也不管？我花钱就是白养了你们这群死人！"

刁钻成性的朱阿姨怒不可抑地吼着，她一边吼，还一边气冲冲地将手中的玻璃杯向刘彪掷过来，刘彪用手一挡，顿时手背红了一块。他严肃地对朱阿姨说："您不要砸东西，砸坏了也要按原价赔偿的，咱们好好讲道理。"

"你，你这个破保安，死保安，你说我不讲道理？我今天就不讲道理给你看！"朱阿姨索性一屁股坐在地上，呼天抢地乱喊起来，朱阿姨这动静闹得实在太大，惊动了楼上的儿子。老娘是个"刺头儿"，儿子也不是省油的灯。朱阿姨的儿子听说母亲遇到麻烦，他赤裸上身，鼓着肚皮，怒目圆睁，手举菜刀，一路飞奔下楼，"哪个？是哪个杂种惹我妈？你个龟孙给老子站出来！"朱阿姨的儿子骂骂咧咧，嘴里脏话不断。

物管人员怕刘彪吃亏，早已将他拉出办公室，往小区门口走，朱阿姨的儿子哪肯善罢甘休，他一路叫嚷着，将菜刀举得高高的，势要向他砍去。

刘彪被激怒了，他指着脖子对朱阿姨儿子说："你砍，有本事就在这里砍我一刀！"

这时，有个爱看热闹的老头儿路过，不分青红皂白，手指头指指点点就批评刘彪："还穿着保安服，什么保安啊，跟业主打架，太浑了！"

刘彪来不及辩白，早有业主打抱不平："您老这说的什么话？我们的小刘保安是按章办事，遇到泼皮无赖了，怎么能怪他？"

业主一层又一层地围上来，纷纷给刘彪壮势："小刘保安，我们挺你！" "刘彪，我支持你！" "我也是！"

刘彪的眼睛潮湿了，这次的眼泪来得太温暖。

现在

现在的保安哥刘彪已经转到了客户管理的工作岗位，他即将拿到行政管理的自考专科文凭。谈及为什么想要这个文凭，他说，其一是因为从2013年春天开始，他竞聘成为置信房产的管理人员，自觉能力有所欠缺，所以便奋发图强，学习报考，想补足知识上的短板。其二是因为他想将来发展得更好一点，当上经理甚至副总，但公司对职务的要求有明文规定：学历必须够格，才能申请竞聘。

他说当年家里不富裕，无法同时供养他和姐姐两个高中生，因而他选择主动辍学，外出打工，现在才知道学习很重要，学历当然也很重要。

也许，刘彪觉得自己将学历和晋升扯到一起有点俗，不好意思地低头一笑。在这一刻，这位英雄褪去了身上所有的强光，他就是一个朴实、腼腆、真诚、用心生活的年轻人，不那么伟岸，不会说大话，但他却是新时代真正的英雄，见义勇为，纯朴自然，不为利诱，无负于心。

大奖的失而复得

文 / 邹廷清

如果某一天，一笔巨款从天而降，砸在你头上，而你又没偷也没抢，只要一转念把它据为己有，简直就是神不知来鬼不觉，更不用说会有人来找你什么麻烦了，你该怎么办呢？可就是有这么一个人，不但不要这或许一生也挣不到的天降巨款，反而固执地在茫茫人海中寻找这笔巨款真正的主人。

这不是天方夜谭，是一个真实的故事。

故事的主角是位女性——姓陈名小玲。

一

认识陈小玲之前，我在网上看过她一手拿奖杯，一手拿"中国体育彩票诚信销售网点"的照片，虽然略带羞涩，但脸上洋溢出来的笑容，却是那么的幸福与开心。

我和陈小玲约定前往其彩票销售点拜访。由于只知道彩票销售点的大致位置，换了几次公交车才到达九眼桥，然后打的前往。加上堵车，就过了约定的时间。陈小玲以为被放了鸽子，便来电话询问，得知我马上就要到时，她告诉我她的彩票销售点不好找，她在对面招牌醒目的工商银行门口等我。

见到陈小玲了，小小巧巧的个子，脸上是真诚而让人喜欢的笑，

热情服务彩民的陈小玲

与在网上看见的照片一比较，长发剪成了短发，多了几分干练。

相互刚做完介绍，她的电话来了，是一个外来打工娃打来的，说陈小玲介绍的出租房稍微贵了一点，问她能不能与房东沟通，把租金减少一点。陈小玲立即给房东打去电话，说她了解那个打工娃，家里贫困，为了节约开支，租房后还要自己做饭，这样的娃娃现在很难得了，要房东把房租酌情减少一些。房东当即就在电话里同意了。陈小玲马上又给那个打工娃回了电话。

除了卖彩票，陈小玲一直在做互助房产中介。

当我决定就在彩票销售点进行交流时，陈小玲爽快地点了下头，说行，但地方有些狭窄，随时都有人进进出出的。

到了陈小玲的体彩销售点，我才明白陈小玲之前说的有些狭窄是"夸大其词"了——简直是非常之狭窄。因为那只是一个十余平方米的楼梯间，楼梯前稍大点的空间，右边摆放着一个很窄的玻璃柜，左边摆放着一张条形桌子，中间留给上下楼和买彩票的人经过，后面楼梯下更狭小的空间，定制了一张半圆形吧台，用于摆打彩票的电脑。吧台与墙壁之间的空隙，我去试了一下，就我130来斤的体重，努力收腹，费了很大的劲才挤进去。陈小玲指了指帮她打彩票的大姐，笑着对我说：那空隙是专门为我和大姐设计的。她大姐又高又瘦。

因地方太过狭窄，我和陈小玲只得相对各坐一边。若遇有人进出，还得自觉地收收脚。

刚坐下来与陈小玲交流，之前给她打过电话的打工娃进来了，先对陈小玲帮他说服房东减少了租金表示感谢，然后掏出100元，恭恭敬敬地递到陈小玲手上，说陈阿姨真是难得的好心人，之前找过3家中介，中介费都在180元以上。陈小玲收了钱，爽快地说："你天远地远来成都打工也不容易，挣了钱要省着花，给家里寄点回去。"打工娃听话地点了点头，再次谢过陈小玲，走了。

二

1965年，陈小玲出生在宜宾翠屏山区，父亲是小学教师，母亲是农村妇女。陈小玲是老大，下面还有3个妹妹。

那是众所周知的贫困年代，即使父亲是教师，但那点工资要供养4个只知道张嘴要吃的女儿，仍然是很吃力的。好在母亲十分能干，丈夫不在，什么农活都一肩挑，就连男人才能干的犁田活也不在话下。所以，陈小玲一家在当地算是比较富裕的了。而陈小玲在四姊妹中，又是幸运中的幸运儿，因为聪明乖巧，深得父亲的喜爱，3岁时就被父亲带到任教的宜宾县黄伞小学，与父亲生活在一起。

父亲对陈小玲的管教是十分严厉的。在陈小玲刚学会洗衣服时，父亲将自己的白衬衣交给她洗，因人小洗不干净，父亲便逼着她一次一次地重洗，直到洗干净为止；有时稍不听话，还会吃父亲手上的教鞭。

　　上二年级的时候，班上一个同学进城买了一支很好看的花铅笔，全班同学羡慕不已。陈小玲自然也不例外，趁同学们下课都出去了，她打开那个同学的书包，拿出那支花铅笔，回到自己的位子上，爱不释手地在作业本上写起字来，直到上课同学们都拥进教室，她才醒悟过来没有把笔还回去。因怕同学说自己偷东西，来不及多想就赶紧把笔装进自己的书包，想等下课后再把笔悄悄还回去。谁知那同学很快就发现自己的花铅笔不见了，便哭着向上课的老师报告，于是进行全班搜查，那支花铅笔自然就从陈小玲的书包里搜出来了。在全班同学大喊小偷的哄闹声中，陈小玲恨不能找条地隙钻进去。

　　事情还没完，老师把陈小玲偷拿别人铅笔的事，告诉了她的父亲。严厉的父亲哪里能容忍这种事情发生在自己女儿身上，先是罚跪，后是用教鞭狠力抽打陈小玲的两条腿，并扬言如果陈小玲再偷拿别人的东西，就剁掉她的手指头。当天晚上，躺在床上的陈小玲轻轻抚摸着红肿得十分厉害的双腿，含着泪忍着痛在心里发誓：从今以后，凡不属于自己的东西，决不伸手去拿。

　　其实，在陈小玲眼中，母亲对女儿们的管教，来得更狠。大集体时期，家家户户都养了猪，因粮食人都不够吃，割野猪草喂猪儿就成了每家每户的大事情。每天早晨割满一背篓野猪草才能吃早饭，是母亲对女儿们下的死命令。为了尽快把自己的背篓装满，陈小玲的一个妹妹便去别人家的自留地里偷割一种叫"蛾蛾肠"的野草，结果被自留地的主人抓了个现形，因为那鲜嫩的"蛾蛾肠"是人家留着要喂自已猪儿的。那人不但没收了猪草，还押着妹妹到母亲面前告状。陈小玲母亲气得当即就用绳子把女儿捆上，悬吊在梁上来了个"鸭儿凫水"，并用条子狠狠抽打。好在陈小玲经历花铅笔事件之后，从来不去碰别人的东西，所以也就从未受到过母亲对待妹妹的那种待遇了。但从陈小玲8岁开始，每年暑假回家，除了早晨割猪草牛草，只要天不下雨，就要为家里砍柴。砍柴的自留山，在陈小玲家的山坡下，空着手也要走二十来分钟，回来是上坡路，几十斤重的柴压在她小小的身子上，其辛苦与劳累是可想而知的了，但她一直顽强地坚持着，一个暑假砍的柴，家里要烧上好几个月。

陈小玲的学习成绩一直不错，心中的愿望是上高中考大学。但由于姊妹多负担重，父亲决定让女儿考中专，早点毕业参加工作为家庭减轻负担。谁知考试下来，差一点点分数没上中专线，陈小玲本来以为父亲会让自己上高中的，但父亲却让她复读，继续考中专。复读后的陈小玲仍然没有考上中专。父亲也就心灰意冷了，干脆让她在家帮助母亲干农活养家糊口。

就在陈小玲认为自己这一辈子都无出头之日时，在大城市工作的姨爹突然来到她家，见陈小玲已经出落成乖巧懂事的大姑娘了，就与她的父母商量：让陈小玲进城住在他家，在城里的学校先补习初三（因为之前陈小玲读的初中只有两年），若再考不上中专，就让陈小玲上高中。父母同意了，陈小玲更是欣喜若狂，于是就跟着姨爹来到了大城市。

由于吃住在姨爹家，懂事的陈小玲一放学回来，就主动帮着做这干那，深得姨爹一家人的喜欢。然而，陈小玲渐渐地感觉到：姨爹并不关心她的学习，关心的是怎样让她侍候他们一家人，似乎对她另外有什么打算。果然，陈小玲的感觉是很正确的，姨爹要陈小玲进城，根本就不想她考上什么学校，而是想要她嫁给自己有癫痫病的儿子。

蒙在鼓里的陈小玲，是无论如何也想不到这层上来，因为她知道法律规定近亲是不准结婚的。直到过年回家，母亲在她耳边唠叨，说什么亲上加亲，两家人成一家人后，你就在成都享清福的话时，陈小玲才感到情况不妙起来。

因怕夜长梦多，陈小玲的姨爹居然拿国家的法律当儿戏，决定来个先斩后奏，提前让陈小玲与自己的癫痫病儿子完婚，将生米煮成熟饭。做好新家具拉回来时，帮着搬家具的表妹才十分不满地对还毫不知情的陈小玲说："你们两个要结婚，这么重的家具却要我来搬。"这下，一切都清楚了，陈小玲感到头顶上的天都要塌下来了……出逃，成了陈小玲唯一的选择。

三

逃离姨爹家后，陈小玲并没有回老家，因为她已十二分清楚：姨爹是与自己的父母串通好了的。在万分委屈与愤懑中，漫无目的游走的陈小玲，突然做出了一个决定：随便找个人嫁了，彻底断绝两家人的念头。陈小玲是把自己随便嫁出去了，但却给自己的感情生活罩上了无法抹去的浓浓阴霾。

由于毫无感情基础，随着儿子的降生，夫妻之间的吵闹干架成了家常便饭。看着别的家庭那么和睦，陈小玲无数次想过离婚，但为了给儿子一个完整的家，她默默地忍受着。为了回避不断升级的家庭矛盾，陈小玲从大城市回到老家考上了民办教师，但因各种压力过重，断断续续教了 9 年书之后，不愿再耽误别人的孩子，放弃教书又回到了成都。

为了在经济上独立自主，回到成都的陈小玲开始打工，最后做起了互助房产中介。因为人厚道热情，中介生意一做就是十余年。

到了 2012 年，陈小玲把租来的楼梯间稍加改动，在做中介的同时卖起了彩票。由于店面太过窄小，无法吸引人的眼球，彩票生意很是不好，平均下来，每月也就几百元钱的收入。所以，当票管员要她销售顶呱刮"宝石之王"彩票时，她担心大面值的无人来刮，只进了一本 30 元面值的。果然如她所料，这本彩票的最后一张，已经放得发黄了也没人来刮。于是，无论票管员怎么劝说，她也只进小面值的顶呱刮。票管员很是无奈，临走时对陈小玲说：你的生意本来就不太好，如果不进 30 元面值的，万一有人要刮你又没有，会更加影响生意的。陈小玲听后也觉得是这个理，于是叫住票管员，补进了一本 30 元面值的顶呱刮。

然而，就是这本补进的顶呱刮彩票，衍生出了一段让人感慨万端的动人故事。

2012 年 6 月 19 日晚上 8 点过，与陈小玲素不相识的一男一女走进了彩票销售点，女孩说要刮顶呱刮。陈小玲正与人谈二手房的买卖生意，见有人要刮彩票，便打住话，问女孩刮多少面值的。女孩先要了一张 20 元面值的，刮出了 20 元的奖来，于是将就那奖金，刮了两张 10 元面值的，又中了 30 元，女孩很高兴，干脆要了一张 30 元面值的，结果一分钱也没中。男的叫女孩别刮了，女孩却坚持要再刮一张，并问陈小玲哪种的奖金最高。陈小玲说当然是面值最高的奖金最高了。女孩便说那就再刮一张 30 元的，并要陈小玲帮她选一张。陈小玲说你今天的手气还不错，自己选吧。女孩却坚持要陈小玲帮她选一张。无奈之下，陈小玲只得随手从剩下的六张顶呱刮彩票中抽了一张，交给女孩后，继续与等着她的人谈起二手房生意来，刚说了两句，就听见女孩兴奋地喊："300！"连续喊了 5 次"300"之后，大声喊老板兑奖，"我中了 6 个 300 元"。陈小玲从女孩激动的声音中，听出不像是在开玩笑，于是再次中断正在谈的生意，接过女孩手中的彩票查看，果然每个奖区都显示出 300，但只有 5 个奖区，不是女孩所说的 6 个。居然在一张彩票上刮出 1500 元的大奖来，这可是自己店里破天荒的第一回，陈小玲也感到十分的高兴，但随即又有些怀疑这张彩票是不是有问题，但自己没有验证工具。保险起见，她试图说服女孩留下电话先把彩票拿走，自己把彩票的编码记下，等明天票管员来后再来兑奖。谁知与女孩一起来的那个男的坚持要马上兑现，理由是让陈小玲无法反驳的：顶呱刮彩票 6000 元以下是即刮即兑的。与陈小玲谈二手房生意的人见状后，催促陈小玲赶快把钱兑给女孩继续谈生意，说国家卖的彩票哪里会有什么问题。陈小玲一想，就觉得是自己多心了，立即就把 1500 元兑现给了女孩，然后继续谈房子生意，根本就没在意那一男一女出去后朝哪个方向走的。但作为第一个在自己店里刮出最高奖的人，女孩的样子深深印在了陈小玲的脑海中。

第二天刚开门，负责送彩票、结账、收回中奖彩票的票管员就来了，一进门就对陈小玲说："昨晚那么迟了你还给我打电话，说店里刮出了大奖，把票拿来看看。"陈小玲得意地把那张票递到对方手上，说："就这张，你以为我是在哄你嗦？"票管员接过票一看，一脸疑惑地说奖区怎么没刮开完，动手一个奖区一个奖区地刮起来，越刮表情越激动，等刮完了 5 个奖区，竟脱口喊了声"我的天"。旁边的陈小玲见票管员如此反常，心下就紧张了起来，赶紧问这张彩票是不是没有奖。票管员说不是没奖，而是天大的奖，指着完全刮开来的 5 个奖区对陈小玲说："你看清楚了，原来刮出来的 300 后面还有000 没有刮出来。"陈小玲问那到底是多少。票管员点着奖区的数字说："一个奖区就是 30 万，你说 5 个奖区是多少？"陈小玲在心里一默算，整个人就呆住了：我的天呵，是 150 万元呀！打死也不信，硬说票管员在骗她。票管员把票塞在陈小玲手上说："我骗你，难道这张彩票也在骗你吗？"回过神来，陈小玲经过再次确认无误之后，像是对票管员，但更像是对自己说："那我该怎么办呢？"票管员立即被陈小玲逗乐了，说："票在你手上，去中心兑奖就是了，你还来问我该怎么办！"陈小玲看着手上的票说："这张票是别人刮的。"在店里负责打票的陈小玲丈夫，从头到尾耳闻目睹了事情经过，这时过来，悄声对陈小玲说："这么大的一笔巨款，我们一辈子也挣不来，就说 30 元面值的彩票不好卖，我们自己刮的，况且，这票是不记名的，在谁的手上就归谁去领。"陈小玲却没理会丈夫，认真地对票管员说："这张票真的是别人出钱刮出来的，你说我现在该怎么办呢？"票管员敬佩地看着陈小玲，问她是否认识刮彩票的人。陈小玲说："以前从未见过，但若再见到她时，一眼就能认出来。"票管员便建议说："那就把票先留在店里，等你见到她时再喊她拿票去兑奖。"陈小玲赶紧摇头，说："把 150 万的巨款放在我店里，就是抱在怀里晚上也会睡不着的，打死我也不干。"票管员便问陈小玲想怎么办。陈小玲说："先把这张票送到中心，看中心怎么处理。"

体彩中心用仪器验证了陈小玲送去那张巨额奖金彩票，确认无误后，把票封存了起来，并告诫陈小玲千万别对人透露，否则会招来冒领的人。为了确认有可能来兑奖的人，中心通过警察调取了陈小玲彩票点附近的监控，在毫无结果的情况下，请来画像专家，根据陈小玲的描述，画下了那个刮出巨额大奖的女孩画像。

事情到了这一步，按理陈小玲就该心安理得地做自己的生意，卖自己的彩票了，但她却无法安下心来，在为那粗心女孩惋惜的同时，也责怪自己当时怎么就没注意到奖区没刮完呢。

为了弥补自己的过失，陈小玲决定要找到那个女孩，让150万元巨奖回到主人手中。

自把彩票交到中心的第二天起，陈小玲从一开门就坚守在店里，无论房产中介生意的大小，都坚持要求别人到店里来谈。凡是来她店里的人，她都要描述那女孩的样子，问人家认不认识。

下午关门后，陈小玲都要到就近几条街上转悠，一是希望能与那女孩不期而遇，二是向熟悉的人打听。所有被问的人都以为一定是那女孩欠了陈小玲的钱，由于不能透露真相，陈小玲只说找那女孩有事。三天过去了，没有那女孩的任何一点消息。不甘心的陈小玲重新整理思路，认为女孩那晚中了奖后，一高兴，肯定会去消费的。于是，陈小玲把打听目标转向了那天晚上9点过后还在营业的店铺。

功夫不负有心人，第四天关门之后，陈小玲终于在一个加盟店打听到了那女孩的消息：女孩是加盟店的会员，那晚中奖之后去店里消费过。加盟店老板与陈小玲很熟，得知陈小玲找那女孩有要紧的事，便以店里搞活动为由，把女孩叫了过来。

陈小玲一看，果然就是自己千辛万苦要寻找的那个女孩。于是把女孩叫到一边，告诉她那晚刮出的奖金不止1500元，但没告诉具体数目，叮嘱女孩一定要尽快去体彩中心领取余下的奖金。

经过指纹鉴定、诉讼庭审、陈小玲的重要做证，幸运的女孩终于拿到了失而复得的150万元大奖。

四

陈小玲诚实守信的感人事迹在社会各界引起轰动，各级纸质、网络媒体包括中央电视台《法治》栏目的记者纷至沓来。各级党委、政府授予的荣誉也纷纷送到了陈小玲手上："第三届成都市道德模范""2013 年我身边的优秀女性"……陈小玲编号为 01391 的彩票销售点被四川省体育彩票管理中心授牌为"中国体育彩票诚信销售网点"。

面对荣誉和赞扬，陈小玲本身并没有什么改变，仍然做着自己的互助房产中介，仍然卖着自己的彩票，仍然一如既往乐呵呵地助人为乐。

如果非得要陈小玲说出有什么改变的话，她会面带真诚的笑容告诉你："我现在的生意比以前好多了。"

交流结束了，陈小玲把我送出门，说就不再送了。当我走出一小段路转身回望时，陈小玲的身影已经消失在了行色匆匆的人流。

诚实守信的陈小玲就像一朵隐约开放在繁华都市随意一隅里的花儿，不争艳，不张扬，与身旁平凡的小草为伍，却让每一个看见她的人，感觉是那么的温馨怡人。

父 爱

文 / 林仁清

　　胡斌驾驶着他的桑塔纳，从四川大学来到绵阳安县的一个荒山野岭。他把车停在一间快要倒塌的屋子前，犹豫地下车观察，心里嘀咕，是这里吗？

　　房盖不知是被风掀翻了还是被人拆掉了，只有四面的墙。墙上残留着对联的影子，里面的墙边，一尊菩萨被风雨改变了模样。胡斌点燃烟，寒风已将最后一抹晚霞的色彩吹散，天即将暗下来。

　　胡斌心里不怎么相信，这样一间破庙，能有什么法力！但既然来了，他还是准备试试。宇宙的奥秘无穷无尽，说不定奇迹就在不显眼的地方发生呢。刘神仙说了，心诚则灵。

　　呼啦啦的寒风吹来了黑沉沉的夜，山上太寂静了，胡斌环顾四周，什么也见不到，只有耳边的风，怪声怪气地叫着。他身材不是高大伟岸，消瘦单调，他一生中还是第一次独自在荒山野岭过夜。夜里会有什么发生呢？山上有狼吗，有抢劫的吗？胡斌赶紧钻进车里，躺在驾驶椅上，忽然感到很累很累，闭上眼睛，儿子多多便闯进脑海。

一

　　胡斌的父母都是四川大学的教授，1984年到1991年，他一口气在川大读完研究生，又与川大文新学院的美女教授结婚。

和"孩子"在一起的胡斌（左一）

1992年9月，儿子多多降临，为两个家庭带来无限喜悦，胡斌的公司业务也如日中天。多多由胡斌的妈妈带着，忙前忙后，乐不可支。两家人都喜欢逗还不会说话的多多，捏捏多多胖乎乎的脸蛋，拉着嫩得像豆腐似的小手，幸福感充满了他们的家。

多多在大人们的欢声笑语中成长，1993年春天，多多7个月了。胡斌的母亲为多多买了儿童学步车。在阳光明媚的上午，推着多多到院里溜达。多多一直奓拉着脑袋，脖子软弱无力。平时多多都是躺着或被抱着，没人注意。等胡斌晚上回来，母亲告诉他，多多是不是病了。婴儿生病很正常，胡斌说，明天去医院看看。

胡斌抱着多多到华西医院，医生看了一眼多多，很快便下了结论：脑瘫，智障。母亲不敢相信这样的结论，胡斌也对这样的结论持怀疑态度。他们抱着多多，跑遍了成都各大医院，诊断结果都一样。最令他们全家不安的是，医生都说多多的病是世界难题，没法医治。

全家人根本不相信医生的断言，带着多多到处求医。

胡斌听说西安路一家私人诊所，专门治疗脑瘫。这是一线希望，胡斌开车带着家人和多多，找到了这家很隐蔽的诊所。一位穿着白大褂的老医生神秘地说，这是祖传，医好了无数的脑瘫。医生对多多不检查，也不具体问病情，就从后面的室内提出大包中药，说4000元一服。

胡斌回家后，想看看是什么中药那么昂贵。打开药包，全是粉状，没法分辨出是什么药。全家带着希望，将药熬与多多吃完，多多还是耷拉着脑袋，眼神越来越呆滞。母亲说，这药没用。

胡斌开始觉得多多的病是小事一桩，后来越来越感觉不是小事了。正规医院已下了结论：重度脑瘫、重度智障、肢体一级残疾、智力二级残疾，无法医治。胡斌的希望就落在了民间偏方上，中国的医术博大精深，说不定有办法可以治好。

针灸是中国神奇的医疗技术，据说可以让人起死回生。治疗脑瘫这样的病，针灸应该是对路的。胡斌经人介绍，来到一家针灸医院，医生告诉胡斌，这病得慢慢来，针灸的效果不像吃药那么明显。胡斌带着多多，开始扎针，多多吓得哭，胡斌在旁边，看见一根根长长的细针刺进多多的背部，就像刺进自己的心脏。他赶紧闭上眼睛，心里对儿子说：多多啊，爸爸对不起你，让你来到这个世界，受了这么多的苦难。

天天这样针灸，仿佛都麻木了，多多趴着身子，任凭医生在他背上插满长长的细针，像刺猬一样。胡斌也没有刚来时候的痛楚了，安静地看着一根根长针扎进儿子的肉里。两年的时间，多多扎了两万余针，病情却丝毫没有改观。一条条就医的路，通过印证，不断地被排除。胡斌问苍天，真的就没有治好多多的路了么？！

二

　　所有亲戚朋友，都知道胡斌的儿子多多得了脑瘫，有的帮助出主意，有的帮助找偏方。胡斌的心越来越沉重，他怎么也不相信，命运会如此捉弄！几年来，为了多多，他们全家到处奔波求医，一次次地失望，又一次次地迎来希望，经过几年，全家人的眼睛都迷茫了，多多的病真的没希望了吗？

　　胡斌坚信，希望是自己通过努力寻找的。

　　有朋友说认识绵阳安县的刘神仙，此人道行深不可测。正常的医治无力，走走偏路未尝不可呢。

　　胡斌决定会会刘神仙。

　　一个四川大学的高才生，去相信装神弄鬼的巫师。家里人反对：如此荒唐之举，亏你胡斌干得出来。

　　胡斌一意孤行，去西门见了刘神仙——他穿着一件破旧的棉大衣，看上去哪里是神仙，倒像是被神仙扔出来的垃圾。刘神仙不管胡斌信与否，尽自说些玄乎的话，不停让胡斌封红包。这个是给什么神仙娘娘的，那个是给神仙看门的。胡斌已走火入魔，一天要封好多个红包。神仙提出要亲自到家看看多多，胡斌心里知道家人反对，但为了多多，他顾不了家人的感受，毅然带着邋遢的刘神仙去了家里。

　　刘神仙装模作样在多多头上一阵抚摸，说这道门不应该这样开，那个沙发不应该那样摆。

　　家人不相信，懒得理睬，唯有胡斌，跟前跟后忙碌。

　　刘神仙说，还是要吃点药。胡斌说，吃过很多药了。

　　刘神仙的药与众不同。胡斌看着他从污垢的大衣里抓出"跳蚤"，金黄色的小东西。1个，2个，3个，4个，刘神仙喊胡斌用水喂给多多吃，母亲上前拦着，这是什么东西，怎么能随便给多多吃！

胡斌不顾母亲的反对，自己动手喂，多多不知道是什么，听话地将四只"跳蚤"吃下去了。然后，刘神仙又从破棉衣里抓出6个"跳蚤"，叫胡斌一口吃下。胡斌看着都恶心，但为了多多，他闭着眼将六只"跳蚤"放进了嘴里，满口都在蹦跶。他赶紧喝水，将6只"天兵天将"冲进肚里。一家人在一旁看得目瞪口呆，胡斌如此深爱着多多，谁还有话说呢。

刘神仙做完法事，又叫胡斌一个人去绵阳安县一座荒山守夜，去感动各路神仙。

胡斌应约去了，没看见各路神仙的身影。车窗外，黑沉沉的夜，寒风呼啸。守夜是不能睡觉的，胡斌关在车里抽烟，疲倦了便下车，让犀利的寒风吹醒头脑。他真像一个战士，坚守在阵地，履行着荒唐滑稽的承诺。那一夜，胡斌抽了两包烟。

刘神仙一早来到山上，对胡斌说，你带了多少现钱，一会儿要向四面八方来的人发。胡斌一夜未眠，但头脑是清醒的，向漫山遍野涌来的山民们发钱，这与治病有什么关联呢？

胡斌明白了，简直就是骗局。他说，我没带钱，便上车走了。胡斌不是在乎钱，可刘神仙的要求越来越离谱，再纠缠下去，不知会出现多少荒诞的事情。

三

七八年过去，胡斌总在上当受骗。作为孩子的父亲，他简直绝望了。他不再相信游医偏方，告诫自己，要正视现实，相信科学。

科学在哪里？难道就真的束手无策？多多就这样生活在失望之

中？胡斌最看不得多多的眼神，那奇特的眼神仿佛在说：爸爸，你真就那么软弱，那么狠心，将你的亲生儿子置之不管了么！

胡斌开始思索，现在我们可以照顾多多，有一天，没有了我们，他怎么办呢？

胡斌经常带多多出去兜风，尽管多多对外部环境无动于衷，但是天天让他看看，潜移默化，应该还是有作用的。家里人也经常带多多到四川大学校园，看着一颗颗绿色的树、来来往往充满活力的大学生们，多多有时候还是很奇特地望着。

一天，胡斌开车，多多在副驾驶位，依然耷拉着脑袋，对于外面喧嚣的世界，仿佛一点都不感兴趣。在武侯大道的十字路口，红灯亮了，胡斌停车，扭头看看多多，多多好像睡着了似的。这时窗外一只小手敲击着玻璃，胡斌看见一个比多多大点的小孩。他刚一开窗，小手儿就机灵地伸进了车里，"叔叔，给点钱吧。"

胡斌给了钱，把他的小手抓着，亲切地握了握，他在想，要是多多这样喊，就幸福了。多多连讨要的能力都没有啊！不会语言交流，不会伸手劳动。

多多完全丧失了生存能力，这样下去不是办法，他得为多多另寻出路。很多人建议，放弃多多，再重新生一个孩子，胡斌却坚决不放弃多多，尽管儿子是脑瘫，但一样是生命。

四

胡斌到发达地区，一般人都是去旅游观光的，只有胡斌，对那些风景、商品视若无睹。他专门去寻找关于智障孩子们待的地方。

在那里，胡斌看到智障孩子除家庭抚养外，更多的是托付地方当局支持下的职业化的专门公益机构。这样，孩子们就能得到整个社会的关爱，不管亲人是否健在。特殊儿童早教机构"胜利之家"开办了52年，胡斌目睹了智障孩子们数十年如一日被精心照顾，享受着快乐积极的人生。

胡斌说，他看到了答案，希望多多和千千万万的孩子都能这样活着。

胡斌明白了，智障孩子不单单是个人问题，而是社会问题。在四川乃至全国，与他一样的家庭很多，与多多一样的孩子都在渴望一个属于自己的天地。胡斌认为这条路才是真正适合智障孩子们的，而不是到处去觊觎奇迹的发生。

胡斌考察回来后，进入了另一个陌生的领域，努力学习社会学、社工理念、特教理念、康复理念等领域的相关知识，积极联系海外先进助残社工机构，储备技术合作资源，学习和积累社工服务理念，希望能找到一个为多多的将来提供帮助和服务的组织。

当时，大陆没有这样的组织。胡斌明白了，他即将成为第一个"吃螃蟹"的人。他与家人商量，准备创立一家善工家园，为多多，为更多的多多，建立一个属于他们自己的家。家人全力支持胡斌的积极行为，关掉了红火的企业，选择了公益事业，希望让更多的人参与到扶残助残中来。

2011年，春暖花开的时节，胡斌创建的"武侯区善工家园助残中心"开业。首批迎来了13位脑瘫、智障和自闭症孩子，成立了"蓝莓班"。

蓝莓又叫"水果皇后"，是因为它珍贵。取名"蓝莓班"，是因为这里的孩子都是重度残疾、脑瘫患者等。在普通人眼里，他们像蓝莓一样，可能一碰就碎了；但是在胡斌眼里，他们就像蓝莓一样，是与众不同的，是珍贵的。

多多原来那双无助的眼神，现在清爽了许多。每天和这么多与他一般大的孩子们在一起，快乐溢上脸庞。虽然他不能用语言表白，但作为父亲的胡斌是看得出来的。多多变得可爱极了，他不会说话，但手会动，眼睛会动，他只要用手敲击车旁，发出声音，胡斌就知道多多想要什么了，赶紧过去为他拿东西。有时候，胡斌在多多面前，他们用眼神交流。胡斌能看懂多多眼神里面的语言，这是心灵相通啊！

2011 年 5 月，胡斌在微博上写道：善工家园重度残疾儿童托养培训机构的执照今天终于拿到了！幸福啊。这是团队全体成员和所有娃娃们"五一"的最好礼物——万里长征开始了。

每个人都拥有一个梦，虽然彼此不尽相同，但努力的过程总会令人动容，因为爱在心中，情在行动。

五

胡斌，一个曾经的四川大学高才生、成都 IT 行业颇有成就的人物，他在从业多年的事业与脑瘫儿子的幸福和未来面前，毅然选择了后者。

这个身材并不高大的男人，以自己的坚强创办了善工家园助残中心，为智力障碍的特殊孩子们撑起了一片蓝天。

发展至今，善工家园每天要为一百多名脑瘫等综合性智力障碍孩子提供托养照料和教育康复训练。胡斌说，让这些特殊的孩子们有尊严且有品质地活着，这就是一种幸福！

胡斌以前根本不敢想象，能有这么一个优秀的团队为他的多多和一群"多多"服务，每天会有这么多关切的目光、无私的奉献涌向这里。

胡斌自豪地说，我不是一个人孤军奋战。善工家园已拥有49名专职社工、特教老师、康复治疗师、生活护理老师，近千名注册志愿者，受到来自全国的捐款资助。胡斌是拥有一百多位孩子的"多爸爸"。

2014年，全国各地残联纷纷前来学习取经。一个胡斌，带动了各地各界人士对残疾儿童的重视和关爱。尊重每一个生命，热爱每一个生命。胡斌做到了！

2015年9月12日下午，国务委员、国务院残工委主任王勇，民政部部长李立国，国务院副秘书长孟扬，中国残联主席团主席张海迪，中国残联理事长鲁勇专程来到武侯区善工家园，肯定了胡斌的成绩，看望了他的一百多个特殊儿女。

这些脆弱而顽强的生命，得到了政府重视和支持，这无疑是特殊孩子和无数障碍家庭值得期望的未来。

早在2013年中国残联召开第六次全国代表大会时，张海迪在"未来五年"的讲话中，就多次强调了社会组织的重要性和发挥残疾人主体作用的重要性。

来访领导在善工家园现场慰问特殊孩子们的同时，还深度了解了支撑善工家园社会服务战略的社会管理理论架构、职业化的实战运营和未来能支持政府、社会及家庭共同去解决无数智障人员需求的服务模式。

近几年，胡斌的善工家园得到各种媒体的宣传和支持，引起了相关领导和社会各界人士的关心，特别是受到了智障儿童家庭的一致拥戴。

胡斌说，我个人能力有限，全国智障孩子不知多少，我没能力将他们囊括进来，希望其他地区有智障儿童的家庭勇敢地站出来，挑起担子，为智障孩子们营造一个属于他们的家，希望社会各界支持善工事业。

永不磨灭的爱

文/一尘

2016 年 6 月 19 日，父亲节，火辣辣的太阳炙烤着大地，谢仁贵这个曾经有过 3 个孩子的父亲，如今孤独地坐在窗前的竹椅上，手里攥着妻子袁世茹的照片，两眼紧盯着窗外树枝上一对叽叽喳喳的麻雀，他的眼里擎满了泪水。喵呜——一只毛色发亮的黑猫窜到脚边，仰起圆圆的小脸，对着谢仁贵打了个招呼。谢仁贵勾下腰，抚了抚猫的颈子终于说话了，他说："这是小乖，跟着我有十几年了吧，那年我在楼下捡到它时，它才拳头那么一点点大，脚趾缠着胶布，爱人和女儿都喜欢它，养到现在……现在，小乖也寂寞，那时它最爱蹲在高板凳上，冲着我爱人喵呜喵呜说个不停。"

谢仁贵的眼里又一次泪花闪闪，他揉了一把眼睛说：半年时间，我亲手送走了她们母女两人，一家三口，现在只剩小乖和我了……

我做你的眼睛

1996 年，对于袁世茹来说是一个动荡之年，这年，她所在的食品公司倒闭，下岗后她觉得身体不舒服，原先还以为贫血，被老公谢仁贵"押着"去医院检查，才知道已经患了严重的糖尿病，同时引发了可怕的并发症：肾病、视网膜神经病变引发失明，刚四十出头的袁世茹陷入了永久的黑暗。

时常思念着妻子的谢仁贵

　　袁世茹不甘心，真的不甘心！15 年前，他们通过相亲相识，她给谢仁贵留下的第一印象，便是她的朴素，这是一位朴素如泥土的姑娘，她秀丽，但衣着、举止、谈吐都那么实在，这让谢仁贵深深心动，认定了这是他命中注定的妻子。恋爱两年，两人幸福地迈入了婚姻殿堂。

　　婚后，他们彼此相敬如宾，琴瑟和鸣，朋友同事都羡慕这对佳偶，但夫妻俩却有自己的遗憾和烦恼：结婚一年后，袁世茹在孩子临产前才发现肚里婴儿已停止心跳；几年后，他们的第二个孩子，在出生三天后早夭。原本，他们不敢要孩子了，但袁世茹始终存着一块心病，她想为最爱的丈夫诞下爱的结晶。于是，1989 年，两人终于有了女儿玲玲。

　　中年得女，袁世茹倍感幸福，她原以为日子能这般温暖静好，夫妻俩齐心协力，将玲玲养大成人，彼此恩爱，携手白头，但是，现在女儿才年仅 7 岁，自己却身缠重病，还永久失明。

袁世茹接受不了这样的打击，她哭，她闹，她在黑暗中摸索着写下遗书，想要"回到母亲怀中静静地休息"。那时，原本在制胶厂上班的谢仁贵也下岗了，夫妻俩带一个孩子，每月收入只有袁世茹的八百多元退休费，要如何支付高额的医药费啊？谢仁贵是电工，有手艺，很快找到一份工作，但每天早上出门上班，他都对妻子难舍牵挂。

从妻子生病开始，谢仁贵便习惯了每天早上 6 点起床，早早做好早饭，然后帮妻子穿衣、洗脸、刷牙、喂早饭。送女儿上学后，他急匆匆赶到单位上班，中午一下班，不管外面是骄阳如火，还是大雨倾盆，他都将脚踏车踩得飞快，回家给妻子做午饭，给她梳头，和她说话，再飞快地回去上班。

当妻子病情加重，在家昏迷几次后，谢仁贵将妻子送进了医院，但病情稍稍稳定的妻子便吵着要出院。为了更好地照顾妻子，谢仁贵辞退了相对稳定的工作，选择在家附近打短工，将生活重心放在了照顾妻子上。

要照顾一个失明的重病人是怎样的体验呢？特别是这个家庭本身就窘迫贫困，毫无家底。为了节约，谢仁贵磕磕绊绊地"自学成才"，在自己身上学习打针，隔一段时间他就要骑自行车到离家 18 公里的新都大丰镇批发医药器械，每半年他要从大丰镇买回 1 万根棉签。18 年下来，家里光是棉签，都用了二三十万根。如果请专业护理人员套导尿管，一次需要一百多元，一个月就要五百多元，谢仁贵实在拿不出这笔钱，于是，他到医院去"偷师"学艺，医生和护士听到他的故事后大为感动，教给他不少护理病人的注意事项和基础知识，他感激地一一记在心里。

袁世茹夜里不舒服，常常睡不着，又吼又叫，还用拳头狠狠捶打自己心口。谢仁贵一夜起来数次，安慰妻子，给她倒水，扶她上厕所，不管妻子如何吼闹，他都温和地宽慰她，怜惜地抱拥她。三口之家住房窘迫，女儿在客厅搭了一张小床，小小的孩子，半夜被母亲的嘶吼痛哭惊醒，吓得坐在自己的小床上哭。

这些艰难的过往，数年之后，竟成为谢仁贵心底的自责，他说如果自己那时多关心女儿一点，经常和她谈心，了解她每个阶段的成长变化，也许女儿后来不会生病，更不会走上绝路。但谁的人生有机会咽下后悔药？谁又能先知先觉，将未来的一切悲哀伤痛轻轻回避？谢仁贵已经尽了他的最大努力，来照顾生病的妻子，照顾这个家。他从不在妻子面前哭，总是背着她偷偷流泪。他不是点石成金的神仙，不是坚不可摧的铁人，只是一个普通的中年男人，有时也会怪命运不公，偶尔也想放弃坚强，但只要谢仁贵看到妻子无神的双眼，他马上就忘记了自己承受的种种压力，心里所想的只有一件事：我要成为爱人的眼睛。

成都市武侯祠横街 8 号院的老住户都说袁世茹好福气，能遇上这么疼她的丈夫。最开始眼盲，袁世茹腿脚还利索，谢仁贵吃完晚饭，会牵着妻子的手，慢慢带她走下楼，到院子里和邻居聊天，到大马路上听热闹的叫卖声；后来，袁世茹腿脚无力，直至瘫卧在床，谢仁贵便先将轮椅搬到楼下，再将妻子背下去，推着她缓缓散步，告诉她：院子里的美人蕉开花了，茉莉又打了骨朵。自己买菜遇到什么人，报上登载着什么好玩的事，谢仁贵都细细讲给妻子听。妻子失明前，最喜欢看央视的《星光大道》和四川台的《新闻现场》，谢仁贵便陪着妻子一起看电视，妻子听得不明白的地方，他就当"旁白补充"，为妻子耐心解释。

谢仁贵照顾妻子这么多年，从未有过半句怨言。他说，只要她还在，只要她活着，两人待在一起说说话，聊聊天都是好的，都很幸福。

彼此做伴，便会心安。

陪你一生一世

2010年底，袁世茹再次濒临死亡，医院的检查结果是出现了17种并发症，医生劝谢仁贵放弃治疗，回家准备后事。谢仁贵哭着收拾衣柜，为妻子找选衣服时，意外发现了一个"手绢包"，打开一层手绢，又是一张帕子，谢仁贵还以为妻子将什么金银细软包在帕子里，又想到家贫如此，妻子哪里有什么名贵首饰！终于揭到了最后一层，打开后，竟然是两张薄薄的纸，是妻子写于1999年5月31日的遗书！

妻子这样写道：仁贵，你我夫妻快20年了，彼此互相恩爱，虽说不上山盟海誓，也是互敬互爱……我真想活下去，活下去，我们并肩共同挑起这个家……仁贵，如我走了，请你重新安个家，把我们玲玲养大成人，拜托，拜托你就当我们之间没有这段姻缘，仁贵，请你原谅，原谅！

捧着11年前的遗书，谢仁贵心如刀绞，哭得跌坐地下。他如何能舍弃今生这份夫妻姻缘？有缘分才能组成一个家庭，那么，只要还有一丝希望，他就不会放弃！谢仁贵扑通一声，给主治大夫跪下了，他说只要能救活妻子就行，他要妻子活着，舍不得她离开！

这份坚韧和执着感动了医生和医院领导，医院专门成立了专家组会诊，终于再一次将袁世茹从死亡线拉了回来。谢仁贵抱着妻子，如同拥抱失而复得的宝贝。

妻子彻底瘫痪了，有时乏力得连头都抬不起。怕妻子生褥疮，谢仁贵每天要用温水给妻子擦洗好几次，更换内衣，用棉签蘸了碘酒擦她后背。夏天炎热如蒸笼，数年来，袁世茹身上连一个褥疮都没长，倒是累得谢仁贵原本就偏轻的体重又嗖嗖掉了好几斤。他毕竟是一个年过花甲的人了，有时照顾妻子一番擦洗，双手累得发颤，脚步都站立不稳。但他始终和命运抗衡，以自己的实际行动感染妻子，让她相信：只要不放弃，病魔没什么可怕的！

谢仁贵爱的气场令妻子日渐安定。虽然目盲，这些年来谢仁贵每天都给她讲外面发生的事，讲报上的新闻，所以她从未感觉被社会隔离。在邻居印象中，这是一个生了病依旧"落落大方"的女人，笑起来嘴角弯弯的，很好看。

命运之魔却再度跟这对恩爱夫妻开了个玩笑，这次，玩笑实在开得太大了，让谢仁贵的心，碎成一万片。

夫妻俩中年得女，爱若珍宝，玲玲小时候聪明活泼，成绩名列前茅，一直都是夫妻俩的骄傲。但孩子从小生活在窘困家庭，母亲的重病成了孩子永远的阴影。她越长大，性格越内向，总是一副心事重重的样子。

高考前夕，玲玲看上去情绪波动较大，谢仁贵以为是猫咪小乖在家吵着玲玲复习了，于是想将小乖送走，岂知小乖和谢家人朝夕相处，早就通了人性，谢仁贵一抱它，它的前爪立马紧紧地攀住谢仁贵衣襟，像章鱼一样吸附得紧紧的。谢仁贵不忍心，又将小乖抱了回来。那时他并不知道，女儿不是因为小乖才显得郁郁寡欢，孩子已经得了重度抑郁症。

女儿高考失利，去了一所专科学校学习金融，读了一年，学校找谢仁贵，说玲玲心理患病，建议休学治疗。从医院出院后，懂事的玲玲不愿给家里造成更重的负担，没有进一步巩固治疗又回学校上课。谢仁贵没想到玲玲拿到毕业证后，回家第一句话是：我这几年的书，算是白读了。

谢仁贵后悔这些年来对玲玲心理健康的关注不够，乃至到了后来，他只能眼睁睁看着玲玲的情况一天比一天恶化下去。有人给玲玲介绍工作，朋友请玲玲出去玩，玲玲统统拒绝，她将自己紧紧地关闭起来，在自己的小世界里，氧气稀薄，渐感窒息。生存，实在无趣，玲玲一开始还和母亲聊聊天。后来，她不但听不进母亲的劝慰，也不再开口说话了，心心念念的，只有寻死一件事。

第一次，玲玲偷了妈妈三针胰岛素，一口气打进自己体内，谢仁贵惊呆了，赶紧将女儿送到医院。接下来的一周，他用白糖和葡萄糖为玲玲升血糖，既要照顾女儿，又要照顾瘫痪在床忧心女儿而不时哭泣的妻子。卧室一张床，客厅一张床，床上躺着谢仁贵生命中最重要的两个女人，两个苍白、虚弱让谢仁贵心疼如针锥的女人。整整一周，谢仁贵都没合过眼睡过觉，他检查女儿血糖值，开导女儿，又安慰操心的妻子。小乖围着谢仁贵裤脚打转，"喵呜、喵呜"不停地安慰主人："不要急，不要急，一切都会好起来的！"

不久，女儿再次偷打了母亲的胰岛素自杀，于是，谢仁贵家老式的豆绿色冰箱上，多了一道奇异的风景线———把铁锁。他想把女儿送到医院治疗，女儿坚决反对。他只能提起精神，坚持24小时贴身保护。

女儿终究找到一个借口，她说要去姑妈家，那日女儿刚走，谢仁贵便心里七上八下，追出路口不见女儿身影，打电话无人接听，夜里

12 点噩耗传来：玲玲跳楼自杀了。

谢仁贵不知自己是怎么赶到医院，怎么签字办理死亡手续，又是怎么回家的。他腿软得想要就地睡下，钥匙断在锁芯里，却强撑着精神——因为屋里还有一个他必须要照顾的病人。

袁世茹听到女儿去世的消息，看似平静，连眼泪都没掉。但从那天起，她不怎么吃东西了，谢仁贵只能哄着她喝一点牛奶维持生命，她的心，已随女儿离去，在生命最后的半年时间里，袁世茹只是太不舍了，她也想多陪老谢一年，一个月，一小时，一分一秒，但她实在是力不从心，千疮百孔的心，虚弱不堪的身体，无法再坚持走下去。

2014 年 7 月 1 日，袁世茹在自己家里永远闭上了眼睛。她睡的床，经过了谢仁贵的改装，床边放着一把靠背椅，上面拉着两根布条，即使袁世茹眼睛看不见，也不会从床上翻下跌伤。能在爱人的身边，躺在爱人制作简陋的"防跌床"上咽下最后一口气，袁世茹面带微笑。这一生，她病痛缠身，三次送走亲生孩儿，但她依旧无怨，无悔。

谢仁贵在日记中记述了那日情景，他这样写道："我信守了自己的承诺，陪你到一生一世。"

心有大爱天地宽

谢仁贵和袁世茹做了三十多年夫妻，他全心全意照顾生病的妻子18 年，但直到妻子离世，他都没亲口对她说出"我爱你"。这三个字是多么轻飘又多么沉重，轻飘得现代人张口即来，深沉得要用一辈子当承诺，许对方一个"一生一世"的陪伴。

袁世茹走了之后，热心媒婆们几乎踏破谢仁贵的门槛，有人说话赤裸裸："老谢，你这人又不抽烟又不打牌，还不如来场黄昏恋，要不活着太无聊了。"谢仁贵摆手拒绝，他说我很忙很忙。因为深爱妻子，谢仁贵竟然说出至少要先为亡妻守孝3年，3年内他不会考虑什么"黄昏恋"，再说，他真的是太忙了。早在十几年前，谢仁贵已经是社区有名的"谢好人""谢忙人"了。

2001年的某天，谢仁贵听到邻居讨论一位太婆摔伤了，一打听才知道楼道里的电灯坏了没人修，太婆晚上摸黑回家，一脚踩空摔倒了。谢仁贵心里一沉，自己不是电工？于是买了灯泡去安装，邻居买菜路过，仰起头问谢仁贵："老谢，以后我家灯泡坏了，你给不给修嘛？""修，到时你喊我嘛。"谢仁贵满口答应。

回家后，谢仁贵又像往常一样，将发生的点滴小事都讲给妻子听，袁世茹认认真真听完，非常鼓励谢仁贵："就是，人多做好事善事，心情也快乐。"后来有一次，袁世茹独自晕倒在家，他还在外面调解邻里纠纷，回来傻了眼，火速将妻子送到医院。袁世茹清醒后，谢仁贵向她真诚道歉，她却摇摇头说："你是出去帮助人家，行善，我不会怪你的！"

如今，袁世茹已经离开两年了，谢仁贵对妻子的爱意，仍旧一点都没减少，他说妻子生病，社区和邻里给了他不少帮助，自己做点小事回报大家是应该的，妻子在那边看到也会开心的。只有做公益、真心实意帮助别人，他才得到一点点慰藉，满腔大爱有了新的寄托，也能释放悲伤追思的心情——

换灯泡、换水管、买菜、调试机顶盒、修风扇、带老人看病、陪老人散步、教育不孝儿女……谢仁贵将自己的真爱，洒在了这片热土上。在这里，他曾推着轮椅上的妻子，为妻子形容刚刚飞过的那只燕子形貌；他曾小心翼翼跟在女儿后面，24年的父女缘分，让他时时感恩，望向女儿的目光总如视珍宝；他曾连续接到 6 张病危通知单，将自己的面孔藏在这些通知单之后，无声而哀伤地哭泣。现在，他全身心地为大家服务，为社区办事，为了帮助邻里，年过六旬的他有时忙着一下午修理电器，连水都顾不上喝一口；为了帮助父母双亡的孩子，他数次家访了解情况，为孩子争取补助申请；最炎热的暑假，他还要办"社区托管班"，让那些孩子有地可去，有老师可教，有朋友可交，还为孩子们申请了一顿免费午餐。

爱人和女儿已经远去天堂，这个朴实男人再没有机会对妻儿说出"我爱你"了，但他用自己的无私奉献诠释了大爱之真意。

隐形的守护者

文 / 谢佼

一支神秘队伍。

一群磊落青年。

他们模样普通，神情放松，看上去并没有着装警察那种外在的严肃。只是偶尔目光中精光一闪，透露出猎鹰般的精明，而后又迅速掩饰，回归于普通人的状态。他们在大街上，就如普通年轻人一样，你很可能见上数十次，仍然记不住他们的特征。

他们目光清澈坦荡，待人热情爽朗。穿着也跟街头匆匆而过的青年差不多，C 罗式的发型，流行 T 恤，没有刻意去扮演老百姓，他们就是生活中的自己，和生活，和百姓融为一体。

类真不是真，本真才随性。

这一支和老百姓化为一体的警队，自 2004 年建立以来，屡立功勋，在刚刚过去的 2015 年，荣立集体二等功，被中共四川省委政法委员会、四川省人力资源和社会保障厅联合授予"我最信任的基层政法单位"称号。

这一奖项通过公众网络投票评选得出。群众满意是政法工作的出发点和落脚点，是对政法工作的最好检验。这一奖项，是来自于人民对警队的最高褒奖！

他们，就是成都市公安局武侯区分局巡警大队便衣捕现中队。为武侯区公安分局辖区内 126 万百姓的平安，他们日夜巡守，打击罪恶。

抓捕犯罪嫌疑人的便衣警察

　　墙上一面面锦旗，就是一个个故事。每一个都惊心动魄，每一个背后都有受害者得到帮助后的无限感激，每一个又都伴随着犯罪嫌疑人无可奈何的挫折心情。

　　都说与罪恶斗智，斗勇，但又何止斗智斗勇？

　　便衣警察斗的是奉献，是疲劳，是牺牲，拼的更是精神，能够震慑黑暗与罪恶的，唯有大光明。

　　就让我们随他们一起走上街头，去亲历那一幕幕热血沸腾而又难为大众所知的便衣警察故事，去拥抱那热血的警队青春。

都市里的"猫捉老鼠"

　　2016年6月的成都，罗马假日广场旁，灯火阑珊。3个身影在街灯下忽明忽暗。

他们时而沿着墙根走，时而在夜色的掩映下忽然横穿街道。步伐并不快，却透露着一丝诡异。他们不时打量着四周，尤其是寂静无人的街道上停放着的车辆。

拐过几条大街，三个人一会儿走成品字形，一会儿又走成长蛇形，一前一中一后，前后隔着十来米的距离。拐弯进了红牌楼"莱蒙都会"后面的黑巷子，路面有一排汽车，后面两个人把着巷口观望，前面的人唰地点亮手中的微型电筒，往身边的汽车窗户照去。看到车里并无留置物品，这个人摇摇头，熄灭了电筒，紧走几步，又点亮手电，探测下一辆车。

一连几辆，都空空如也，这人暗叫一声晦气。他来到一辆白色越野车旁，又摁亮电筒，忽然前窗下有东西在手电的光芒中闪了一下。他连忙绕到右前窗，贴着玻璃拿电筒照着仔细看，发现一个蓝色的手提包。

这人一喜，刚想有所动作，突然巷口传来大声的咳嗽。他马上熄灭手电，装作若无其事地走到街边，仿佛什么都没有发生过。

一辆车驶进巷口，在白色越野车后面不远处停下，大灯远远地射过来，把这条黑巷子照得如同白昼。司机摇下车窗，也没急着下车，点燃一支烟，然后开始打电话。

开头三个人互相交换了一下眼神，带头的比画了一个手势，三个人扭头就走，离开了这条巷子。

远远的地方，黑暗的树荫底下，一辆熄了火的汽车内，同样有三名便衣警察，瞪着眼睛，悄无声息地在观察。

"该死，这家伙什么地方不好打电话，偏偏在这里打草惊蛇。"压低声音说话的人，因为长得黑，被大家称为"大黑"。猎物就要动手，却被吓跑了，让"大黑"很不甘心。

"放心，这三个小毛贼看车子的眼神，那么贪婪，今晚一定会动手的。走，跟上去。"搭档"二哥"一旦盯上的猎物，就不会让他们跑掉。

另一名队员"二黑"发动汽车，远远地跟在三名嫌疑人的后面，当三名嫌疑人钻进小巷的时候，三名便衣也轮换着下车，保持着监控视野。

前面三人时快时慢，平均保持着比散步略快的速度，一直在街面转悠。彼此也不交谈，神情紧张，东张西望。其中一个仿佛察觉到什么，突然回过头，往便衣警察的方向望过来！

他什么都没有看到。

便衣警察仿佛跟大地，跟夜色，跟这整座城市融为了一体。

时间已经指向深夜11点。街面还是有行人，但不是很多。人们对前面转悠的三人，和后面盯梢的便衣，都丝毫没有起半点疑心。前面的三人一面掩藏自己，一面寻找机会，还要防备被人发现；便衣警察更是竭力隐蔽，固定证据。

就像潜伏在人群中的猫和老鼠，老鼠在偷偷寻找猎物，猫在静静等待老鼠。

三个毛贼走着，不时偷窥着路边车辆。突然眼前一亮，机会来了。

在董家湾北街的一个小区门口，三个毛贼停在一辆银灰色奥迪A4面前。拿电筒的一个人照了照车内，无声地笑了一下，抓起手机给另外两人打电话。另两个人此时就在马路对面望风，电话里叽叽咕咕。放下电话，车边的人左顾右盼，下定了决心，从兜里掏出一个弹弓，俗称"弹绷子"，啪的一声，钢珠把后窗打了一个洞，这人拿手肘一肘就把窗玻璃全击碎了，探身就拿出一个包。报警器闪了，应急灯闪了两下，车辆却意外地没有鸣叫。

"贼下手了！""大黑"压着兴奋，在固定证据，"什么时候抓？"

"让子弹飞一会儿吧。""二哥"看了看周围环境，小区门口不时有人进出，抓捕条件还不理想，"呼叫支援，布置跟踪抓捕！"

贼得手后飞快地把外套脱下来，把包用外套裹起来就躬下身子小跑，三个人过了马路，汇合在一起，依然紧张地穿过了这条小街道，来到红牌楼佳灵路边。到了车来车往的大道上，三个人一起松了一口气，明显放松下来，伸手拦下了一辆出租车。

看起来似乎作案成功了。三个毛贼脸上有了笑容，多半开始准备找地方吃喝玩乐，大肆挥霍盗窃的金钱。

周围似乎并没有什么异常。没有警灯闪烁，也没有警笛拉响。路面上只有过往的私家车辆，和街头闪烁的红绿灯。

几个路口，都很正常。砸窗拎包的小贼，完全放松了警惕，靠在后座上眯着眼睛。转了一晚上，贼也累了。

红灯。

突然，一辆车从旁边呼啦一下超到前面停下，出租司机还笑："这么晚还飙车嗦？"

左右和后方又有一辆车逼上来。"二哥"从追来的车上飞快跳下，抓开出租车门，把司机一把拖出来，把车钥匙一把取下，退开几步。

"你干啥子？"出租司机还弄不清楚情况。

"警察，不许动！""二哥""大黑""二黑"和支援警力亮明了身份，对出租车里的嫌疑人实施震慑。里面三人目瞪口呆，做梦也没想到警察会神兵天降，乖乖举起双手。

出租司机张大了嘴，好一阵儿，看着从嫌疑人身上搜出刀来，突然后怕了："谢谢警察同志！"

这样的"猫捉老鼠"，极大地打击了街面违法犯罪，震慑不法之徒，维护都市一方平安。仅 2015 年到 2016 年破获的街面砸窗拎包案件，就打掉 10 个团伙，抓获成员 30 余人。

群众身边的"火眼金睛"

便衣中队全称叫便衣捕现中队，打击街面犯罪的方式就是发现罪恶，抓捕现行。其中最难的，是发现线索。

刑警侦查等警种，一般都是由案到人，案件现场总能留下线索，顺藤摸瓜破案"后发制人"。而便衣警察，属于临机处置，哪有现成线索？全靠巡逻中一双双眼睛去发现犯罪嫌疑人，去总结案发规律，进而洞察嫌疑人作案过程，固定证据，"冒头就打"。他们有本事能在汹涌的人潮中，一眼察觉出不对劲的地方，并紧紧盯住蛛丝马迹，让不法之徒现出原形。说他们是群众身边的"火眼金睛"也不为过。

靠什么呢？"二哥"透露，里面学问非常大，不但跨越犯罪心理学、刑事侦查学等专业学科，甚至还包括对人行为、表情甚至面相的观察总结，需要极高的社会责任心和丰富的一线实践经验。

"你以为从街上抓个贼那么简单？""二哥"呵呵一笑，点燃一支烟，对我们详细讲解，没个几年道行，绝对不行的。贼眉鼠眼，鬼鬼祟祟，不走正道。这些传承下来的成语和俗话，既有道德上的丑化，也包含有对犯罪表现的历代总结。老同志都这么说，我们在一线抓贼抓多了，就会发现，贼的内心世界会传递到外表。

比如，他想作案，见不得光啊，他内心怎么可能不紧张。紧张的人，表情、行为上肯定就很特别。比如说，他要左顾右盼，不停打量，正常人没有那么高的好奇心。又比如，他会突然横穿二环路，因为他连法律都不放在眼里，又怎么会遵守交通规则？如果随身带着家伙，那走路的姿势又不一样。我待了8年，我们的队员基本都待了4年以上，每天都在大街上练眼力，甚至我们都对抓贼有直觉了，基本上不会放过任何带有作案倾向的苗头。"

二哥给我们讲述了一件引以为豪的案例。

2016年3月22日晚上11点过，在辖区内双楠医院附近，一辆黑色大众轿车引起了便衣们的注意。

这辆车乍看不起眼，开得很慢，就在双楠医院外转悠。但在便衣警察的眼里，这种开法十分蹊跷。

"你说正常人开车，要么就停进去，要么就开走了，慢悠悠地转，显然没有一个固定的目的地。但又不停下来，说明车上的人在观察这片区域。"说话的人从野战部队退下来，被弟兄们称作"野战"，看不出外表强悍的他，观察也如此细致。

黑色轿车里的人下来，走到医院里去。

"野战"仿佛回到了部队作战时的感觉，紧紧盯住目标。他发现黑色轿车里的人在医院转悠了一圈，和一个人攀谈起来，过了一会儿，黑色轿车里的人又从医院出来，回到车上，发动汽车，仍然不急于离开，慢悠悠地滑到僻静角落里。

几分钟后，开始攀谈的人鬼鬼祟祟地出来，来到黑色车边，车里递出来一个黑色袋子，车外的人迅速递了一沓钞票进去。

什么交易如此鬼鬼祟祟？"野战""溜溜""玩哥"互相交换眼神，心里雪亮一般。

贩毒!

抓捕条件适合，便衣警察扑上去，迅速控制了黑色大众车内外的交易双方。发现涉案 3 个人身上就有 1 公斤冰毒，1 万余元涉案资金。经审讯追查，在成都一个出租房内约有 400 公斤毒品。

据涉案人员交代，他们窝点远在仁寿。经过一段时间的周密侦查，便衣警察们某日凌晨 1 点钟从成都出发，等到四五点，目标已经休息之后，翻墙进入目标窝点，屋里 3 个人正在睡觉。当警察扑上去时，其中一个人拼命反抗，制服他之后，发现该男子床下藏有一尺多长的猎枪，惊出大家一身冷汗。

这是一个制毒工厂，现场查获半成品、成品约半吨，用桶装着，有好几大桶。

事后审查时，制毒团伙哀叹，他们这一被省公安厅挂牌督办很久的制毒大案，自以为天衣无缝，没想到栽在了街面便衣小分队的手里!

只要敢露罪恶尾巴，哪里都是天罗地网。

神兵天降的千里追击

便衣警察的工作涵盖了发现、跟踪、固定作案证据、抓捕等环节，环环相扣，而且时间特别紧，强度特别大。如果是一般人，根本吃不下这份苦。

在 2014 年秋天，当时成都盗车团伙作案猖獗，气焰嚣张，警队决定重拳打击。某夜，便衣巡逻时发现一个盗车团伙，当即固定取证，呼叫警队支援，计划围捕。

这个团伙数人自驾一辆作案车辆，在夜里 9 点连偷了 2 台车，1

台轿车1台越野，伙同作案车共3辆车，得手后立即往城外驶去。案情重大，指挥员一声令下，整个中队都扑出去追，一定要把盗车团伙人赃并获！

这一追，就追出去600公里！

"野战"最早发现不对劲："怎么越追山越高呢？"

被盗车辆犹如惊弓之鸟，连夜开过雅安，翻过号称"高万丈"的二郎山，经过"跑马溜溜"的康定，没有停留，连续翻越海拔4270米的折多山口，一路向西。

便衣队员应对的是城区街面，穿着的都是薄薄的单衣，骤然从海拔500米的成都来到海拔4000多米的高原，一眼望去车窗外雪域茫茫，竟然飘起鹅毛大雪了。好多队员都冻得发抖。

便衣队员曾设计过盗车团伙吃饭时在饭店抓捕，但盗车团伙反侦察能力极强，警惕性极高，一路狂奔，毫不停留，意图迅速摆脱警方视线。中途只停车加过一次油，都不曾下车，更没有停下来吃饭。因顾及周围群众，警队不得不放弃了加油站内抓捕的计划。

"跑吧，看你们跑得到哪里？"便衣警察们也发了狠，咬着牙追下来，"上天入地，我们都奉陪到底！"

千里追击，地形、天气是头等难题。

海拔一高，大雪呼啸着向便衣警察们扑过来，车窗上很快布满了雪片。雪雾连天，能见度连1米都不到，"二哥"摇下车窗，把头伸出去，拿电筒照着前路，一点一点开。寒风刮得脸像刀割一样，手都冻僵了，他们不得不咬着牙探路前行。

在翻越一座海拔4000米以上的大雪山时，道路布满暗冰，其中"山鸡"驾驶的一辆车，突然打滑失去控制！

说时迟那时快，"山鸡"大叫一声，硬着头皮，把车撞向靠山一侧，砰的一声巨响，车上所有的人呼吸都卡顿了，面色苍白。

"我的妈呀，谢天谢地，幸好没掉下去。""山鸡"下车一看，目瞪口呆，旁边就是万丈悬崖。

这辆车是没法开了。留下"山鸡"在冰天雪地中联系交警处理，其余便衣警察紧了紧身上的薄外套，挤进同行车辆继续追击。后来路上又有一辆车抛锚。

他们一直追到接近炉霍县城，此时已经是第二天下午4点。30多名便衣警察一昼夜追击下来，又累又饿，车上水也没有，烟也没有，唯一吃过的东西，就是一人一个包子。

嫌疑人终于来到他们的窝点，放松了警惕，进了屋。便衣警察悄悄围上去，把整个木屋包围，然后大喊一声，犹如神兵天降。嫌疑人做梦都没有想到，自己都跑出去1200里，成都武侯的便衣居然还紧跟着！

热血警员的无悔青春

在当前物质高度富足、现代科技盛行的年代，便衣警察的许多职业感受，让人唏嘘。

疲劳。

许多案发时间，都在凌晨三四点，普通百姓警惕性最差的时候。便衣警察的高强度工作，也针对性地放在此时，基本上夜夜巡逻。好多人从早上8点要一直干到凌晨3点。

开车，每天的里程比出租车还多，而且在街上巡逻，一边开车，一边看路，一边扫描周边情况，一边归纳线索，精神高度集中。往往回到家里，就想躺着，连动都不想动。

饥饿。

便衣基本上不可能有正常的吃饭时间。在跟踪人的时候，饿得不行，也只能路边买个包子顶着，坐下来吃饭的时间都没有。

愧疚。

做警察，就不可能照顾家人。经常两个人两头见不上，面对面都难，有便衣警察的妻子说："我们两个简直就是异地恋。"

更为心酸的："你还记得我长啥样子不？"

危险。

曾有数次抓捕，人在生死边缘。有一次在茶楼抓捕，走到门边，门外车上下来人，拿着手枪和猎枪，朝天就开了一枪。如果对着人打，穿着防弹衣也防不住头，因为是散弹。警察队伍，每年400人的牺牲数量，是实打实的。

即便如此，也未曾改变过这支队伍的信念和朝气！

2013年，便衣中队共刑事拘留嫌疑人102名，挡获被盗抢机动车34台，枪支5把。

2014年，便衣中队共刑事拘留嫌疑人114名（街面侵财案件嫌疑人84名），挡获被盗抢机动车53台，枪支4把，子弹70余发，冰毒200余克，为群众挽回经济损失600余万元。

2015年，便衣中队共刑事拘留嫌疑人117名（街面侵财案件嫌疑人91名），挡获被盗抢机动车45台，枪支7把，子弹20余发。区内总警情稳中有降，刑事、行政警情同比下降5%，三盗两抢一诈骗警情同比下降6%，其中盗窃车内物品警情同比下降16%、汽车盗窃警情同比下降24%、抢夺警情同比下降32%。

……

2016年3月，"山鸡"结婚的时候，整个中队的弟兄都来了，大家一起举起酒杯，为"山鸡"庆贺。由于便衣警察职业，如果不靠人介绍的话，很难认识女孩子。

"山鸡"眼眶都红了，他想起自己驾车撞山的悲壮，也想起弟兄们出生入死的战斗，更想起冬天骑摩托巡逻，大家都冻得清鼻涕长流的尴尬。

大家都替"山鸡"开心。大家的手紧紧握在一起，这才是兄弟，陪伴队友的时间，比陪伴家人的时间还多。这份情感如此真挚，也如此洒脱。

这支立下赫赫功勋的队伍，平均年龄不过 27 岁，正是青春飞扬的年纪。

彩虹之路

文 / 曹永胜

在四川企业界，成都彩虹电器集团董事长刘荣富堪称传奇人物。

这位与共和国同龄的民营企业家，带领一个负债累累、濒临破产的工厂，实现了企业扭亏为盈、快速增长，缔造了知名的"彩虹"品牌。

他是一个残疾人，却身残志坚，从学徒工成长为知名企业家，再成为中共十八大代表。

对于这一切，刘荣富喜欢用的词是"命运"。他说，你不能选择命运，但可以改变命运。

选择改变命运

1955 年，6 岁的刘荣富得了一场大病，脊髓发炎。因为家庭条件不好，没有得到及时有效的治疗，导致脊椎变形呈"S"形，肉眼看上去就是俗称的"驼背"。

年少不懂事，刘荣富并没有感受到"驼背"的自己会和别人的命运有什么不一样。那时，他成绩好，很受周围同学的尊重，不仅没有心理阴影，反而有特别乐观的想法——我可以像张海迪一样，通过其他方面的努力，形成自己的特色，就能弥补身体的缺陷。

看起来事情也正这样朝着好的方向发展，到了刘荣富考中学的时

进入车间指导的刘荣富（左一）

候，他们学校30多个人考成都七中，只有两个人被录取，其中一个就是刘荣富。可没想到又逢"下乡"，命运再次出现转折。

"我因为身体原因没有下乡，就到街道办事处去帮忙。"在办事处，刘荣富秉承了他在学校一贯的做人态度，积极向上、负责认真，大家对他印象都很好，一遇到招工就推荐他去，可没有一家单位愿意要他。最后，刘荣富好不容易进了成都角梳生产合作社。

"这对我有些打击，因为其他同伴都到69、82信箱去了，在当时，那些单位是国营企业、军工厂，待遇好，去的人都扬眉吐气。而我到的是角梳社，感觉抬不起头。"

望着日夜流淌着的府南河和茅草厂房染纸车间飘逸的阵阵青烟，刘荣富走进了成都角梳合作社，迈出了实现美好梦想的第一步。

但是，那却是刘荣富第一次尝到了被歧视的滋味。命运往往就是这样，拿走你一样，必定给你另外一样，而命运给刘荣富的也许是比别人多一些的倔强。因为这份倔强，22 岁的刘荣富决心自己改变自己的命运。

"我们一起分去的有七八个年轻人，我在其中算是文化比较高的，我们就凑在一起想办法，看能不能把角梳社变成一个机械厂，至少在旁人面前说起来心理上是个安慰，否则真的抬不起头，人家一听合作社，说老实话，耍朋友都恼火，更莫说我身体条件本来不好。"

刘荣富说，为着这样简单、实际的目标，新去的年轻人与原来社里的一些年轻人同心协力，试制钻夹头。钻夹头是工业配套很重要的一个产品，当时成都没有，用的都是重庆的，机械局很希望这个产品出来。我们就翻书，到处偷师学艺。最后研制成功了，去给机械局报喜，角梳社改名为成都市钻床附件厂，终于"升级"了。

从此，刘荣富相信命运一定是可以改变的。而刘荣富的命运，也被他自己的性格改变了。

刘荣富说："如果当时我到了 69、82 信箱，也许不一定有今天，那里的高级知识分子太多了，我那点文化算不了什么。"

命运就是这样无常，它给刘荣富开了一个幽默的玩笑，一家当年不要他的厂，后来却被彩虹集团给兼并了。

改出新面貌

"彩虹"的历史让四川人感到骄傲：从 10 多人、140 平方米的街道合作社起步，从资不抵债、濒临破产的亏损大户，发展到现在拥有 2000 多名员工，年产值近 10 亿元的著名企业。

"彩虹"是如何做到的？

在当家人刘荣富的带领下，"彩虹"先后经历了三次转型。每一次成功的转型都是一次阵痛，也是"彩虹"新生发展的起点。

成都彩虹电器集团前身叫成都角梳生产合作社，创立于20世纪50年代，是一个城镇集体所有制老企业，生产牛角梳等小产品，技术落后、厂房破旧，"大锅饭"严重。1980年至1982年连年大幅亏损，资不抵债，濒临破产倒闭，成为省、市轻工系统有名的亏损大户。

背水一战或能赢得一线生机。

1983年，成都钻床附件厂列为成都市首批试行经营承包责任制企业之一，试行民主选举厂长。经全体职工民主选举，时年34岁的刘荣富担任了厂长，被推到企业改革的风口浪尖，担当起企业生死存亡的重任。

"看着空空如也的保险柜、卖不出去的产品，特别是职工们眼巴巴的目光，我深感责任重大，焦虑得吃不好、睡不下。我们的出路到底在哪里？"

回忆当时的情景，刘荣富十分感慨。

"不找局长找市场。"

在企业生死悬于一线的关头，刘荣富带领厂里的技术人员走进广阔的市场。4个月时间里他们跑遍了西南三省，终于发现一线商机：西南地区冬季气候潮湿阴冷，室内没有供暖设备，如果针对这一问题来研发生产电热毯，一定会有好的销路。说干就干！经过几个月的紧张工作，终于生产出自己的第一批电热毯，产品一推向市场就立即引发了抢购热潮，当年就销售5万床，创下一个奇迹。

初战告捷，企业扭亏为盈，"转型"成功。

如果说成都彩虹电器集团的第一次变革是依靠经营承包责任制改

革这一"强心针"，那么，创立股份制企业集团，推进现代公司制度，加快技术进步和产品创新则是壮大企业资产规模、夯实企业实力的"催化剂"。

面对激烈的市场竞争态势，如何进一步做大做强企业，是刘荣富一直苦苦思索的问题。

1993年，以成都电热器厂全部经营性资产为控股主体，成都人民商场集团等10多个法人单位共同发起，创立了成都彩虹电器集团股份有限公司。企业资产迅速壮大，资本实力迅速增强。成都彩虹电器集团的主导产品产销量和市场占有率迅速提高，生产规模迅速扩大。1994年至2004年，公司完成产值25.66亿元，这个数字，是1983年至1993年10年产值的7倍多。

改革并非一劳永逸，企业改制后仍然面临许多问题。

"由于产权不明晰，员工工作热情不能进一步提高。这样下去，公司很可能还要走下坡路。"刘荣富回忆说。

2003年，集体企业成都电热器厂改制为成都彩虹实业有限责任公司，由有限责任公司控股经营成都彩虹电器集团。这次改革意味着全体职工转变为股东，成为控股主体的实际出资人，完成了职工身份的彻底转变。改革凝聚了人心，极大地调动了职工的积极性和创造性，企业焕发了新的生机和活力。

控股公司改制完成后，成都彩虹电器集团大力进行产品结构调整，同时调整市场营销策略，产品销量实现大幅增长。

2006年10月，成都彩虹电器集团顺利实现"腾笼换鸟"。

从城区九眼桥整体搬迁至三环路外的武侯科技园新厂区，厂区面积从20亩扩大到100亩，日产电热毯从1万床增长到10万床。

变化的不仅仅是公司地址，更是由此带来的新生机。

"彩虹这次搬迁是一次升级。"刘荣富称,不仅是产能的升级,而且是对工艺流程和技术装备进行大投入、大改造,使主导产品的质量水准有了大幅度提高,使成都彩虹电器集团的综合竞争力领先于全国同行业。

　　改革,改出了新面貌。在全国同行业普遍销量下降30%之时,成都彩虹电器集团却以20%以上的年平均增长率而一枝独秀。

　　2011年8月15日,在全国构建和谐劳动关系先进表彰暨经验交流会上,成都彩虹电器集团被表彰为"全国模范劳动关系和谐企业",刘荣富受到党和国家领导人的亲切接见,还做了经验交流发言。

与员工同呼吸

　　"老张,今天做得咋个样?"穿着蓝色工作服的刘荣富热情地和工人打着招呼。

　　"放心吧!弄得巴适!"虽说对话的是公司董事长,但员工张师傅的语气依然像和工友聊天般轻松。

　　刘荣富满意地笑笑,继续向车间里面走去。看着忙碌的工人,刘荣富回忆起自己在车间里的岁月。

　　1971年刚参加工作时,刘荣富还是个学徒工。慢慢当上了工人、车间主任。

　　"文化程度不高,只有钻技术,真诚地和大家相处,才能慢慢提升。"回想成长"历程",刘荣富非常谦虚。

　　在厂里,刘荣富有很多个"名号",除了"刘总""刘老板",还有"刘师兄""刘大哥"。

1983 年，刘荣富还在担任二轻机械设备公司下属钻床附件厂的副厂长，除了技术和管理才能，他的好人缘也是有目共睹的。创办彩虹电器后，当初很多跟着刘荣富干的人，也都毫不犹豫地加入了彩虹电器的队伍。

来到开关车间，"刘师兄"左瞅瞅右看看。

"咦？这个是新开发的哇？"

看到一个自己没见过的开关品种，刘荣富好奇地拿起来："可以，这个好看，开关手感也不错。"

整个车间的陈列柜中，一共摆放着 40 多种开关，只要稍微一看，刘荣富就能分辨出哪个是新品种。看完当月的报表，刘荣富走出车间，笑着对车间主任说："算了，任务完成了，这个月就不要加班了。"

在刘荣富的办公室里，挂着一幅精美的羌绣，桃红色的花肆意地盛开着，下面是一行小字："北川县陈家坝乡平沟村赠"。"汶川大地震后，那里也是灾区，我们组织员工去资助村里贫困家庭的娃娃读书，他们很感恩。"刘荣富感慨，"如今有的孩子已经读到了高中，还是坚持每学期都把成绩单寄过来。看到他们成绩进步，我也要打电话去鼓励下娃娃些。我跟他们说，如果有考上大学的，我把所有学费交了都可以。"

说完，"刘师兄"幸福地笑了。

几年前，成都彩虹电器集团就成立了企业奖励基金，奖励对企业发展做出贡献的职工。

同时，公司建立职工福利增长机制，从 2006 年起，每年为员工增长 10% 以上的工资，先后出资 4000 多万元修建和购买住房 541 套，让 2000 年以前进厂的员工住进了新居，对 2000 年以后进厂的员工给予长期住房补贴和一次性住房补助。

1993 年，公司第一次为职工建房 54 套。当时刘荣富家三代同堂，住在只有 10 多平方米的破旧平房，而他和妻子则住在自己搭建的阁楼里。他母亲最大的愿望，就是在有生之年能住上带厕所的房子。但他对母亲说，下一次保证让你住上好房子。最后，他把房子让给了其他职工。不久后，他的父母相继去世，却始终没有住上一天新房，这成了刘荣富心中永远的遗憾。

2002 年，一名下岗职工刚到公司工作，其女儿就患上白血病，刘荣富和职工们及时为其捐款，使他家渡过了难关。有时企业职工生病住院，刘荣富总要前往医院看望，给予他们及时关爱，所以职工们更愿意亲切地称他为"刘师兄"。

刘荣富说，员工智慧和力量是无穷的，只有紧紧依靠广大员工的智慧和力量，才能实现企业持续健康发展；只有以心换心、以情换情，企业和员工才能同呼吸、共命运、心连心。

党建开启彩虹梦

从资不抵债、濒临倒闭的城镇集体老企业发展成为公认的行业冠军，从 20 世纪 80 年代初连续三年亏损到 2012 年销售收入超 8 亿元、纳税近亿元……紧抓党建工作不动摇、依靠职工办企业，成为成都彩虹电器集团发展的"制胜法宝"。

1984 年，为了打开电热毯的销路，刘荣富决定请经销商吃一顿饭，每人送一床电热毯。他在成都饭店以每桌 60 元的标准摆了 12 桌。出人意料的是，刘荣富随后就被人告了，说他搞请客送礼的不正之风，要将他撤职查办。

当时的党支部书记温德珍同志挺身而出，他站出来证明"请客"

是职工大会决策通过的，也是产品销售的策略之一，并主动向上级承担"责任"。同时，在厂级领导会议上坚决支持产品结构调整的思路和各项改革的措施。

有了党支部的坚决支持，有党政领导的同心同德，刘荣富避免了被撤职的处分，使企业承包改革得以继续进行。

党支部书记敢于坚持真理、敢于承担责任的精神，深深地触动了刘荣富。他认识到，党组织和优秀的党务工作者能为企业的改革发展保驾护航。

当年，刘荣富就提交了入党申请书，并光荣地加入了中国共产党。

刘荣富动情地说："没有党的改革开放政策，没有中国特色社会主义，就没有民营经济和民营企业家的今天，民营企业的发展梦同实现伟大中国梦紧密相连。"

今天，在成都彩虹电器集团，党员员工不管在哪个省份，都可以通过网络"远程课堂"按时参加组织生活。同时，公司开设了"工余课堂"，采取分批分时、见缝插针的灵活方式组织开展生产一线党员的学习教育；实施"分类"式管理，以支部或小组为单位开展组织活动，增强党员教育管理的针对性和实效性。

正是党建工作的多项创新，使成都彩虹电器集团的员工队伍稳定而优秀，甚至行业内认为最难管理的外省销售人员队伍，都因为有党的纪律约束，而保持了相对的稳定性。

在刘荣富看来，坚持不懈地抓党建、促发展的理念，已成为一种独特的企业管理文化。

从1983年近百名员工中只有三四名党员，到目前逾1600名员工中有150余名党员，刘荣富认为，中小企业面临激烈的竞争时，员工队伍素质很重要，而党员比例越大，队伍素质越高，越有竞争力。

刘荣富推行一条"规定"：是党员就要培养成为骨干，想成为骨干就必须入党。让党员在企业管理上挑大梁，在生产一线担重任，在技术攻坚、企业改制、急难险重任务中发挥先锋模范作用。

众所周知，今天的"彩虹"，早已"红"遍大江南北。"彩虹"系列产品早已畅销全国各地，以及欧美、中东、东南亚十多个国家和地区。"彩虹"牌电热毯、电热蚊香片产销量连续20年居全国同行第一。

成都彩虹电器集团的发展历程、党建工作的创新，以及企业与员工的鱼水情，得到社会各界的广泛好评，多位党和国家领导人以及国家部委领导先后到企业视察。

2012年11月8日，刘荣富作为四川唯一民营企业家代表、全国仅有的34位民营企业家代表之一，参加了中国共产党第十八次全国代表大会，一时成为媒体关注的焦点。

"我作为一个民营企业的代表，感受到了民营企业蓬勃发展的活力。彩虹集团在改革开放的春风中枯木逢春。"刘荣富感慨万千，"我能当选十八大党代表，并不在于企业有多大，而是彩虹确实在党建工作、构建和谐劳动关系等方面，做出了自己的创新和亮点。作为民营企业，必须把企业的发展、个人的命运，同国家的富强、民族的复兴紧密联系在一起。"

刘荣富说，成都彩虹电器集团有"彩虹梦"，即到2020年实现销售20个亿、利税5个亿，员工收入翻一番，最终将彩虹集团建成享誉国内外的百年老厂。我们要让员工将个人的追求与公司的发展、国家的富强结合起来，立足本职岗位，脚踏实地，一步一个脚印地向实现"彩虹梦""中国梦"前进。

温暖的家

文/杨嘉利

2016 年父亲节，王素英收到了这样一条短信："妈妈，这 6 年在咱们家遭受打击的情况下，你不但把我送进了大学，还像母亲般呵护、照顾如同婴儿的爸爸，是你用瘦弱的身躯为我和爸爸继续支撑起了温暖的家……爸爸今天虽然还无法看懂我的祝福，但我要把这份祝福送给你，因为要是没有你 6 年含辛茹苦的付出，我和爸爸就不会有今天的生活！"

王素英的双眼湿润了，再也止不住百感交集的泪水——她感到女儿的短信是对自己 6 年来所有付出的最好褒奖！

丈夫救人导致智力缺陷

王素英家住成都市龙爪社区，紧邻风景秀丽的浣花溪和杜甫草堂，是一个才子佳人辈出的灵气之地，她在这里出生并快乐长大。

1996 年，21 岁的王素英和何勇相识了。

何勇是内江田家镇人。小伙子高大英俊，性格也好，每次在一起时都会讲很多笑话逗王素英开心。然而，何勇的父母都是残疾人，王素英和他的爱情最初并没得到亲友们的祝福："何勇背负着这样的家庭，往后的担子重着呢。"可王素英认为，何勇心好，又能干，不找这样的男人找什么人呢？她毅然嫁给了何勇。1997 年 4 月，女儿何玲

对患病丈夫不离不弃的王素英（右一）

出生，一家三口甜美幸福。

转眼，王素英和何勇结婚10多年，一家人更加和谐。王素英和何勇明白，女儿长大了，和谐的家庭环境对孩子很重要。

何勇在一家物业公司做水电工，由于他技术好，工作又兢兢业业，被提升为管理人员，但他还是常去工作第一线，有时候连星期天也会去公司看看。可王素英没想到，何勇一个星期天去公司后，竟遇上了人生中最大的一次暗流——这个36岁的男人突然重重倒下了！

2010年8月1日，何勇原本在家休息，可闲不住的他下午又去了公司。刚到公司，听说有个小区的下水道堵塞了，居民们意见很大。何勇便赶到小区。有个同事已进入下水道，何勇急忙向施工点走去，但还没走到施工点又听见有人大喊："不好，下水道里有人昏倒了！"

何勇一惊，飞快冲过去，连衣服和裤子也没顾得上脱，就跳入了臭气熏天的下水道。下水道里散发着浓浓的沼气味，他进去后拼尽全力把昏迷的工友托举起来，并被人七手八脚拉上去，但他却因沼气中毒而昏倒，好几分钟后才被人救出来。

何勇已处于休克状态，抢救手术持续了5个多小时，天黑时才被推出手术室。

王素英扑上前，但何勇紧接着又被送入重症监护室。王素英完全傻了，她简直不敢相信几个小时前还活蹦乱跳的丈夫这时候怎么就会昏迷不醒，躺在了重症监护室里呢？可很快，医生又告诉她一个更坏的消息，由于脑神经受损，何勇苏醒的可能性将很小，而且就算能苏醒，他的智力也会严重受损！

"这怎么可能？他是一个多么好的人呀，他不应该遭受这样的罪呀！"

不管王素英如何伤心，丈夫的人生已被彻底改变了。他在重症监护室一住就是3个多月，王素英也一直在医院守候了3个多月！

很快，王素英的体重就从90多斤下降到了70斤，母亲心疼地说："英英，你就算不为自己着想，也该为我和你爸想想呀……"王素英大哭着回答："妈，何勇成了这样，他更需要我呀。"

这天晚上，王素英还是决定回家看看。

一个多月前，何勇在医生的全力救治下终于苏醒。但他不仅在智力上出现了严重障碍，而且还失忆，连最为疼爱的女儿也不认识了。

更糟糕的是，何勇的脾气也变得暴躁，对王素英不骂就打，但每次王素英都说："他能醒来就不错了，他有伤呀！"

可王素英没想到，她离开医院后，何勇受伤前工作的物业公司负责人竟擅自决定将他转到了精神病医院！

妻子不离不弃成"母亲"

王素英再次被气得浑身发抖，她于第二天上午赶到精神病医院。看见丈夫已被捆绑在病床上，她大声质问物业公司负责人："是谁让你把我的丈夫弄到这里来的？"

王素英坚决不肯让丈夫住进精神病医院，并亲自去华西医院联系。一个月后，何勇又被送往了成都市第二人民医院康复科。可没几天，王素英回家换洗衣服时，她又突然接到护工打来的电话，说何勇不见了！

王素英的心一下子提到了嗓子眼："何勇的智力连几岁小孩也比不上，他要是真跑出医院，有了危险怎么办？"王素英像发疯一样在医院四周寻找丈夫，可直到天黑也没能找到。后来几天，王素英又几乎找遍了成都，还印了上千张寻人启事，但10多天过去了，还是没有一点音信。女儿何玲安慰她说："爸爸不会有事，我们一定会找到他的。"

果然，半个多月后的一天深夜，王素英突然接到何勇弟弟从简阳打来电话说，有人把何勇送进了简阳的一家医院！

王素英的哥哥在开出租车，她立即叫哥哥连夜把自己送到了简阳。看见丈夫的那一刻，王素英扑上前抱住了这个浑身污垢的男人："勇子，你这么多天是怎么过的啊！"回成都的车上，王素英抱着丈夫不停流泪，她心里始终有一个问题："丈夫为什么会跑到简阳去？"终于，哥哥的一句话让王素英恍然大悟："何勇的爸妈不是跟他弟弟住在简阳吗？"王素英明白了，就算是伤成了这样，丈夫潜意识里还是放心不下身患残疾的父母！

"这样的男人，绝对不能弃之不顾。"王素英暗下决心，不管有多困难，她一定要留住丈夫，并陪伴丈夫在人生路上继续走下去……

可这时候，何勇已前后花去治疗费几十万元，尽管物业公司支付了很大一部分，但对于这个原本就不富裕的家庭，经济上的压力仍然一天比一天重。2011年夏天，听医生说何勇在智力上即使能恢复也将是很漫长的过程，王素英便决定把丈夫接回家。王素英的想法很简单，这样做不仅可以节省钱，而且重新回到过去所熟悉的环境，说不定也有助于他在智力上的恢复。回家后，在妻子照顾下，何勇每天都要做三四个小时康复训练，身体机能的恢复十分明显，很快竟能像正常人一样行走了，但他的智力还是像刚苏醒时一样，情绪上更暴躁，只要稍有不如意就打人。王素英不止一次被丈夫抓头发，打得鼻青脸肿，脸上、身上全是青一块紫一块。

有时候看见妈妈浑身伤痕，何玲就难受得落泪。王素英便对女儿说："爸爸有病才会这样打妈妈，他其实是爱妈妈的……"

什么叫不离不弃？此后几年，不管丈夫的脾气如何暴躁，王素英全都毫不计较，她硬是用母亲对婴儿般的呵护和耐心支撑着丈夫行走在漫天大雪的生命冬天！可王素英这样做，不仅周围的人不理解，连母亲也多次抚摸着女儿身上的伤痕说："英英，你是何苦呢？你还年轻，可以重新选择今后的生活呀。"

王素英理解妈妈的感受，但她说："我要扔下了何勇，他怎么办？他是玲玲的爸爸，我要是在这时候离开他，我这辈子都会良心不安，你认为女儿往后能生活得好吗？"王素英一次次解释，终于换来了母亲的理解。后来，母亲不仅不再劝说王素英离开何勇，相反还时常帮女儿一起照顾何勇，哥哥和姐姐也在经济上接济他们。正因为母亲常来照顾何勇，王素英又渐渐从丈夫的举动中有了惊喜发现，何勇不管如何暴躁，但他从不会殴打老人！

"妈，你说勇子是不是明白，我和女儿是他最亲的人，他在烦躁时才会向我们发泄呢？"这样的发现让王素英更坚定了信心，丈夫其实并没有完全丧失智力，只要持之以恒帮助他进行康复训练，他就一定会恢复，重新过上正常人的生活。

　　2013 年初，受四川电视台《下一站幸福》节目邀请，王素英走上了这个节目，她用质朴的话语回答了所有人的疑问："我就是舍不得他，他能走多远，我就会陪他走多远！"

坚守苦难迎转机

　　"也许牵了手的手，今生不一定好走；也许有了伴的路，来生还要更忙碌……"王素英和何勇刚结婚时，夫妇俩每次唱卡拉 OK 都会深情合唱一曲苏芮的《牵手》。当时，看见小两口唱得情意绵绵，朋友们无不投来羡慕的眼光，谁也不会想到这首歌竟会在 10 多年后成为他们在人生路上的写照。

　　自从上了《下一站幸福》，王素英虽然赢得了周围人们的理解，但丈夫在智力上还是如同婴儿，她还是需要像 10 多年前呵护刚出生的女儿一样小心翼翼照顾他。可婴儿只有几斤，不管抱在怀里玩耍还是喂吃喂喝都很容易；丈夫却是一个成年人，尽管他的智力下降到了刚出生时的原点，但体力上一点不比正常男人差。王素英照顾丈夫时所要花费的精力远远不是照顾婴儿可以相比的，就连教丈夫重新学习吃饭、穿衣，她也不知道要示范多少次。

　　然而，不管需要重复多少遍，王素英从不发火，她知道丈夫就像小孩，她需要用更多的耐心和细心帮助他重新学会生活技能。可王素英虽然有足够的耐心，不表明何勇也会有这样的耐心。多少次，王素英教他吃饭、穿衣时，只要多做上几遍，何勇就会大发雷霆，不仅会打掉王素英手上的饭碗、衣服，还会像发怒的狮子那样大吼大叫，抓住王素英又是一阵拳脚。

这时候，王素英就任由丈夫发泄，她除了能用语言安抚丈夫外，就完全没有其他办法可以控制丈夫。于是，等何勇像爆发的火山一样平息后，王素英又忍受着身上的疼痛收拾残局，重新教何勇学习吃饭和穿衣……

这样的生活日复一日，何勇在穿衣和吃饭上渐渐有了明显进步，他在情绪平稳时竟能自己吃饭和穿衣了！

王素英兴奋不已："勇子，加油呀，我知道你是最棒的。"并对女儿说："看见了吧，爸爸又能自己穿衣服吃饭了！"

何玲上高中了，她激动地冲妈妈点点头。

何玲知道，爸爸能有这天，妈妈几年来耗费了多少心血呀，她身上的一个个伤疤就是最有力的证明！"妈，我一定好好努力，等爸爸好了，我要用考上大学的成绩作为送给爸爸的最好礼物。"王素英听后哽咽了："对不起，玲玲，这几年妈妈没能照顾好你，妈妈和爸爸亏欠了你呀。"

何玲不知道，她的这番话让王素英获得了更多勇气和力量，坚定了要让丈夫康复的信念。此后，王素英又开始教丈夫上厕所、说话、数数和认东西，和当年教女儿时没有两样，她决心要让这个比自己大一岁的男人重新学会独立生活。

又是一年多，当何勇知道大小便要上厕所，还能含混不清地说话时，王素英更感到她的努力有了回报。而且就像小孩离不开母亲一样，丈夫对自己也有了更多依恋，他只要一会儿看不见王素英就会烦躁不安。王素英就算出门买菜也要把何勇带在身边。

王素英开始每天带着丈夫去买菜，日久天长，她发现丈夫的脾气不仅不再像过去那样暴躁了，还常会指着菜摊上各种蔬菜问："这是什么呢？"王素英于是就有意识地教丈夫去认识各种蔬菜，比如什么是番茄、什么是冬瓜、什么是土豆……一天两天，一月两月，何勇竟能认识不少蔬菜了，王素英又开始教他做算术，比如买一斤菜 3 元钱，买两斤该多少钱？如果给老板 10 元钱，又应该找回多少钱？这样的问题刚开始时就像哥德巴赫猜想一样，何勇抓耳挠腮半天也算不出来，王素英就一次次鼓励他说："乖，慢慢算，你很聪明，一定可以算出来。"然后又拉住何勇的手，耐心地在手心上一笔一画教他运算……

这样的情形几年来几乎每天都会在龙爪社区菜市场上演。后来，菜贩们都听说了这对夫妇的遭遇，他们无不对王素英竖起大拇指。所以，王素英和丈夫再去买菜时，她不管要在菜摊前教丈夫多长时间，菜贩们都不会催促，而是耐心等着何勇计算出正确的菜价。

王素英用扑克牌作为训练丈夫智力的工具，从 1、2、3、4、5，再到洗牌、发牌、摸牌和出牌，玩起了两个人的"斗地主"，让何勇什么时候出牌，什么时候"三带一"全都自己做主……受伤 3 年多后，这个智力几乎完全丧失的男人，不仅又基本上可以自理了，还能帮王素英做一些简单的家务事，比如扫地和擦桌子，让王素英倍感欣慰。

2014 年春节前，王素英送丈夫去做复查，看见这个当初经各种医学仪器检查后，被医生们判断为很难再站立起来的男人，如今又生龙活虎地出现在了他们眼前，还恢复了部分自理能力，专家们都很震惊，认为简直就是一个难以置信的奇迹。

2015 年夏天，这个饱受磨难的家庭四五年来第一次又有了开心的欢笑声，女儿何玲考入了上海一所大学！王素英明白，女儿能考上大学有多么不容易，毕竟自从爸爸受伤致残，家里不仅经济上一落千丈，而且连一个可以安静学习的环境也没有了，何勇最初一两年整天从早到晚不是吼就是闹，女儿背负了多大的压力呀。

"玲玲，这几年真是苦了你……"捧着女儿的大学录取通知书，王素英泪流满面。何玲用纸巾擦拭着妈妈脸上的泪水回答："和你所吃的苦相比，我吃这点苦又算什么呢？妈，再过几年，等我大学毕业，爸爸的身体也更好了，我们一家人还会过上更好的生活。"王素英使劲点点头，母女俩的手紧紧握在了一起。这时候，何勇也把手伸了过去……

2016 年 5 月，王素英和丈夫住进了公租房，尽管很小，只有 40 多平方米，但远在上海读书的何玲从微信上看见新家的照片后，还是兴奋说："妈，现在这个家虽然小了一点，但这是我们自己的家呀。往后，等我挣了钱，我一定要买套大房子，让你和爸爸住进去。"王素英再次流泪了，她用哽咽的声音对丈夫说："听见了吗？女儿说往后要给我们买大房子！"何勇不停点头，尽管他还是一脸憨笑，但王素英相信他一定是听懂了女儿的话……

老外的"中国梦"

文 / 吴语

　　Peter Kuppens 说，他行走世界各地，却始终找不到一个安放心灵的地方。来成都没玩几天，他却爱上了这座千年古城，觉得这是一方有灵气的土地。来到这里，他突然感觉到自己苦苦寻觅的远方出现在眼前。飘忽不定的灵魂此时已经安定，他决定就在这里筑巢扎根，放开手脚，干一番事业。

　　Peter Kuppens 喜欢成都的理由很多，却说不出个所以然。他的故乡荷兰，人们喜欢浪漫的情调，成都人也有浪漫情调：每到周末，就呼朋唤友聚集在茶楼或露天茶铺，要么娱乐要么高谈阔论，把一杯清茶品到无味。

　　他这样形容自己的事业：我创办的麦克斯林房地产经纪有限公司如沐春风里，如同中国神话里的哪吒，踩着风火轮，不仅在成都红红火火地转动，也要在中国的各个二三线城市红红火火转动。他给自己的公司定位——中国二三线城市的一座桥梁，联通世界各地。

爱上这座城

　　"我在望江河畔等你，我见证了这里的奇迹。我的梦想，随着城市的扩张而扩张。我不仅仅是总经理，我愿意，做你的向导，或一个称职的教练。"Peter Kuppens 在他的日记中写道。

把成都当故乡的 Peter Kuppens

　　他来自荷兰，在武侯区扎根十余年，通过努力，把心中的梦想变成了璀璨的星光。他说，他从小有个灿烂的梦想，想到世界各地去看看。他带着这个梦想上路了，游览了世界各地的名山大川，也领略了浩瀚太平洋里不少岛国的旖旎风光。从来没有一个地方可以留住他，他的梦想在远方，他的心也漂泊在远方。何处是岸？他不知道。

　　1998 年暮春，Peter Kuppens 慕名前来中国旅行，长江和长城给他留下了难忘的印象。听导游说，天府之国更美。对天府之国，他神往已久，少年时，他在一本书里看到，早在 1700 多年前，中国的三国时期，出现了智慧满满的诸葛亮，还有威震天下的蜀国英雄人物张飞、赵云等。

　　Peter Kuppens 如愿踏上了这片人才辈出的土地，他心里一阵激动，感觉成都的微风是一双温柔的小手，把他一遍一遍地抚摸，他仿佛看见这座千年古城在向他招手，他张开双臂扑进她温情脉脉的怀抱里。他感受到，车窗外，成都人生活的宁静而浪漫，而他将慢慢揭开成都的神秘面纱。

当 Peter Kuppens 走出车门时，他眼前一亮：青城山如在云端里飘浮，树枝上满挂新绿，水珠儿欲坠还留恋，柳絮如雪片纷扬着，细雨如尘雾飘洒着。他站在古堰上，任凭细雨飘飞。他感觉一阵心旷神怡，惊奇地看着悠然远去的清流，感叹这个传承了数千年的水利工程的伟大，感叹古蜀人的完美智慧所创造的奇迹，更叹那一河美丽的清流，悠悠然流入了古都成都的千家万户。他心里说：多好的风水宝地啊！

Peter Kuppens 更神往武侯祠，这里纪录着刘备与诸葛亮的传奇故事。当旅游大巴刚进入成都二环路红牌楼，他心头有种异样的感觉，马上就要看到，这个天下唯一的君臣合祀祠庙，这让他激动不已。

那天，如洗的碧空中，几朵流云飘过，赤日高挂着，泼一地灿灿温暖，Peter Kuppens 的心情也灿灿地亮堂着。他来到望江楼公园，竹林深处，茶客们斜坐竹椅上，悠然自得地品味着生活的乐趣，悠然地抽烟聊天。那里的人见了外国人也不欺生，脸上灿灿地微笑着，冲他礼貌地点头。

就这样，Peter Kuppens 真正地喜欢上了这座城，喜欢上了武侯，他在桐梓林小区找到了家的感觉，一个建筑风格跟荷兰一模一样的小区，他心里充满了兴奋。

萌发创业梦想

当他决定租下桐梓林小区那套房子的时候，Peter Kuppens 傻眼了，没有他想象中的大厨房大浴室。他理想的房子应该是房间隔音效果很棒，这边屋子的人听不见那边屋子的人说话，浴室里一定有个大浴缸，劳累了一天，应该躺在浴缸里，美美地泡个澡，让清清流水把一天的疲惫冲洗掉，或抿一口红酒，闭目听哗哗的流水声，仿佛听到家乡小河边悠扬的琴声，初阳正从东方升起，露珠从叶片上洒落，滴在脸上，惬意地享受着这诗意的美好生活。

Peter Kuppens 找房子费了很大的劲，于是他脑子里灵光一闪：我何不搞个专为外国人服务的房屋中介？只需一个电话，他们就可以找到自己满意的房子。

说干就干，他把身上仅有的 10000 多元人民币掏出来，开始着手创办麦克斯林房地产经纪有限公司，他自任董事长。刚开始的时候，因为语言不通，困难一个接着一个，当地政府和他在成都的朋友圈给了他很多帮助。

"相信自己是独一无二的，相信世界因为有我而精彩。希望这个世界的某一个小小角落，因为有了我而变得不一样。" Peter Kuppens 把这句话贴在墙上。

Peter Kuppens 暗自下决心，将以一个外籍人士的亲身体会，成立一个专注于服务老外的房产经纪公司。于是他一直谋划着，怎样才能更好地让老外在他的帮助下，轻松入住成都。而这时，他兜里的现金不是很多。

要干自己喜欢干的事，跟钱多钱少没关系。他这样想着，心情轻松几许。

2006 年初夏，一个阳光灿烂的上午，在成都人民南路某个写字楼，麦克斯林房地产经纪有限公司开门营业了，营业执照上赫然写着：专注为外籍人士提供居家等方面服务。

就业易，创业难。Peter Kuppens 说他自己如同一个拓荒者，他与他的团队成员，活跃在成都的每个角落里。经过一段时间的艰辛打拼，他们用真诚和优质的服务，获得了客户的信任。

他带着他的国际团队，与成都多个高端社区联手，打造出了一个个专注服务外籍人士的国际社区。作为外资企业的代表，麦克斯林公司更懂得如何投外籍人士所好。哪怕是一个微小细节，也不会放过，尤为关注住宅的厨房配套设施，住宅周边是否有国际学校、大型超市、酒吧等方方面面的生活配套设施。结合成都特色和老外的生活习惯，麦克斯林公司特制了一套完善的服务体系，确保从客户的邮件联系到确认顾客信息和需求，从找到房源再到签订合同，有效期内的售后跟踪服务均有专人负责。

这种服务与中国的传统服务既有相同之处，也有不同之处，服务不是短暂的交易，而是长期的维护。只要客户有所需求，一个电话打来，公司就会派人立马解决。科学经营之道不仅赢得客户信任，也给他的公司带来了回报。在成都发展，他看到了更多希望。

开辟新天地

Peter Kuppens 喜欢立于窗前，俯瞰楼下行色匆匆的行人，尤其是如他一样金发碧眼的外国人。

他眼前豁然一亮，看到一头与阳光同色的金灿灿长发，在微风中飘逸，看着那个熟悉的背影，暗自呵呵一笑。

而此时，那熟悉背影蓦然回首，仰头望楼上，冲他浅浅地哂笑。他以一张阳光明媚的清秀笑脸，冲她做了个"OK"的手势。

看着她消失在人群中，他心里如淌过涓涓细流，有种莫名的兴奋。手机铃声"嘀嘀嘀"响着，他打开手机，看到一条消息："Peter

Kuppens 先生，感谢你的帮助，我在成都的美好生活，是你给我提供了很多方便。"

Peter Kuppens 的脑海里倏地闪出一个镜头——2016 年新年刚过，来自英国的琼斯小姐急火火找到 Peter Kuppens 的麦克斯林房地产经纪有限公司。她说，她刚来成都，在武侯区一家上市公司做管理，女儿也来了，孩子也到了该上幼儿园的年龄，希望找一套临近国际学校的房子。

琼斯还一个劲儿地诉苦，因为中西方文化差异，中西方的饮食习惯各不相同，房屋布局也不一样，她觉得有诸多的不习惯。

Peter Kuppens 心里明白，来自英国的琼斯一定喜欢吃面包喝牛奶，她希望屋子里有烤箱，便于制作面包。他说出了琼斯想说的话，这令琼斯既惊讶又高兴。

于是，Peter Kuppens 给琼斯推荐了好几套房子供其挑选，她看中了有花园露台的房子，希望装修得有情调，就像生活在英国的房子里。她把自己的心思告诉了 Peter Kuppens，独在异国他乡，害怕不能实现自己的理想居室。她再三叮嘱，要怎么装修，要配置哪些家电。

琼斯知道 Peter Kuppens 成立了专门服务外国人的装修公司，但她还是不放心。Peter Kuppens 告诉琼斯，麦克斯林房地产经纪有限公司有专门的装修团队，其设计人员来自欧洲，自然懂得欧洲人的生活习惯。

"桐梓林片区的房子很好，只是装修风格不受外国人喜爱。凡是外国人租住的房子，只要找我设计装修，我都会为房东提供装修方案。" Peter Kuppens 对琼斯说，"我会让你满意的。"

就这样，琼斯把房子委托 Peter Kuppens 装修，不再过问。

2016 年 6 月下旬，Peter Kuppens 把装修一新的房子交给了琼斯，琼斯看着这套线条简洁流畅、装修雅致的房子，心里着实高兴。她不仅看到了自己满意的装饰风格，还有满意的家电，更让她满意的是女儿的读书问题也得到了解决，这让她很意外。

自此，琼斯跟 Peter Kuppens 成了朋友，每天路过保利中心，她都会感激地看看楼上，Peter Kuppens 的麦克斯林房地产经纪有限公司就在那里。

因为专业所以优秀，Peter Kuppens 这样对手下员工说。起步却是异常艰难，如何把事业做得红红火火？他陷入了苦苦思索。对这个陌生的经营模式，他手下员工小刘一头雾水，问他："Peter Kuppens 先生，难道我们就这样做一个普普通通的房屋中介吗？"

他依然浅浅笑着，轻轻摇头："我不做普通的中介，我们要做保姆式的中介，外国人想要的服务，我们都可以提供，包括他们初来时，即使坐出租车，也要让他们觉得是一件轻松的事儿。"

小刘更是懵懂："我们公司未来有什么样的规划？"

Peter Kuppens 耸耸肩："我们要以成都为中心，为那些在中国二三线城市生活和工作的外籍人士提供专属服务，我们不仅为外籍人士提供全方位的生活、创业、居家等方面服务，还要引入欧美等发达国家的先进商业服务模式。"

小刘恍然大悟："你还要开发软件？"

"哈哈，你真聪明。我要开发一种软件，让外籍人士知道在成都创办公司该如何办理手续；在成都的哪个地方，可以品尝到地道的成都美食……我们要为外籍人士搭建一座在成都旅游、生活、工作等方面的桥梁。"

"这个主意好！"小王再次拍手叫绝。

Peter Kuppens 通过与第三方公司合作，开发了 Taxi-Book、Smart

Dialing 等服务软件。随着这些软件的开发应用，随着成都经济的迅猛发展，外国政府在成都的领事馆数量也在猛增，欧美等地的老外们日渐增多，Peter Kuppens 的麦克斯林公司业务蒸蒸日上。

"亲爱的朋友，你若初到成都，通过下载我们开发的这些手机软件，就可以随时搜索出周边的用餐、住宿等方面的双语信息，你不必担心不熟悉中文。"Peter Kuppens 在电话里告诉他的荷兰朋友，"过去，我们研发的 Taxi-Book 仅是纸质版，如今，Taxi-Book 已经变成了手机软件，其收录的信息详细到了哪个地方有牙医、哪个取款机可以取到多少数额的现金。"

在 Peter Kuppens 的办公室，依然存放着数年前纸质的 Taxi-Book，这些微微泛黄的 Taxi-Book 纸质卡片上，有详细的就医、就餐等方面的信息。如今，令 Peter Kuppens 最为满意的是，Taxi-Book 已经变成可供手机下载的 APP，外籍人士进入成都，只要使用具有定位系统的 Taxi-Book，就可以及时掌握周边的生活服务信息，还可以及时享受多语种的服务。

外籍人士通过 Taxi-Book，可以轻松地找到餐馆、酒店、医院、学校等方面的各类信息，这项服务现已覆盖到了北京、成都、长沙、广州等几十个城市。

不做"城市过客"

自 1998 年初见成都起，Peter Kuppens 见证了成都市的经济腾飞，见证了武侯区的经济腾飞；他见证了三环路的修建，见证了三环路外那些乡村以及曾经显示了城市蓬勃发展的一座座工厂。如今，随着城市的扩张，乡村和工厂难觅其踪影了。取而代之的是一栋栋高端社区或写字楼，大批高科技企业以及大学院校的科研机构入驻。

他说："我用惊奇来形容这里的发展。我来成都短短 10 多年，这 10 多年的变化，恍若两个世界；成都，是个来了就不想走的城市。在这里，我感到了中国的魅力，感到了四川的魅力，感到了成都的魅力。我刚来成都的时候，磨子桥科技一条街吆喝着卖电脑，如今，这里成了高科技创业园。"

他说，当时的选择没错，成都适合创业，也适合外国人创业。这片土地，就是一片创业之地。

有朋友问他："成都的魅力真的很大吗？"

他笑着说："成都的历史文化底蕴深厚，区域经济发展如日中天，城市的生活环境也非常舒适，飞机、地铁、动车等现代交通工具也正在快速布局，我非常喜欢成都这座充满朝气与活力的城市。"

Peter Kuppens 看着成都一天一个样的快速发展，他思索着，如何通过自己的公司，让更多的外籍人士来快速地认识、拥抱成都这座现代化的国际大都市，并愿意留在这座城市里生活或者工作，而不是成为短暂的"城市过客"。

他引以为自豪的是，当初的选择是明智的。他开发的"Taxi-Book"软件让许多外国人爱不释手。通过这个宝贝，初来乍到的外国人可以轻松找到自己需要的信息。

"来中国的外籍人士有三种：大公司外派、外教和留学生、自主创业就业者。"他颇为得意地操着不太标准的普通话，对他的成都客户说，"无论谁到中国，都得交朋友，不管是中国朋友还是外国朋友。在你们中国，这叫'关系'，也叫感情。"

荷兰领事馆、泰国领事馆等相继向 Peter Kuppens 咨询如何在中国开设公司。来自荷兰的零售专家，希望把他们的创新零售模式"概念店"带到成都，他们找到了麦克斯林公司，麦克斯林公司已经成功帮其实现项目增值，他们还成了荷兰零售专家的项目合作伙伴。

今天的成都扩张了几倍，Peter Kuppens 的事业也随着发展壮大。

他把自己比作一位和蔼可亲的教练，手下的员工则是他的学生，他愿意帮助他们走向成功，也愿意帮助其他人走向成功，这是他的宗旨。

如今，随着国际化发展步伐的加快，成都已经成为众多跨国公司和外籍人士到西部地区创业和工作的首选。世界 500 强企业纷纷进驻成都，数目位居中西部第一名。

专为外籍人士在中国安家落户、工作、创业等方面提供专属服务的麦克斯林公司无疑挖到了"金矿"，Peter Kuppens 正在成都编织着他的"中国梦"。

扎 根

文 / 杨虎

多年以后，站在领奖台上，王太军准会想起故乡山冈上每年春天呼呼作响的大风。那时的丹棱县张场镇还是一片铺展在山岭与平原之间的茫苍之地。春去秋来，平原上铺展起一大片黄绿相间的、稀稀疏疏的庄稼。弯弯曲曲的河流扭动身子，在一块块村庄间蛇一般穿行着。从只有一条独街的镇上出来，逆着河流走去，约莫半天工夫，人就渐渐高了起来——不远处，一道山梁将天上的白云高高举起。

王太军的家就在那白云下面。

和家一起住在山梁上、白云下的，还有一丛小小的桉树林。树不多，它们站在屋后那块不大的坡地上，既彼此依靠，又相互保持了距离。桉树身材高挑，枝丫细长，远远望去像渴望离开故乡的少年，默默地，默默地想着自己的心事。

王太军喜欢那片树林。这是父亲在他出生那年特地为他栽下的。那是 1974 年暮春一个平平常常的清晨。父亲后来对他说，桉树这种树有个特点，不怕移栽，只要有一点点土，就能扎根下去，靠雨水也能呼吸。说完这话，父亲伸出满是茧子的大手，在他肩头拍了一下，然后轻轻地叹口气，走向屋外落满阳光的庄稼地。

从桉树苗迎风摇曳的那一天开始算起，如今的王太军已度过了 43 年平平常常的生活——参军、退伍、种田、修理汽车；结婚、养家、安葬父亲、抚育女儿……他觉得，自己也活成了一棵桉树——不怕远

扎根在工作一线的王太军

离故土，不惧风雨雷电，只要脚下有一块土壤，扎根下去，就能撑起一片生命的蓝天。

一

电话里传来的声音是如此爽润明快。一瞬间，我简直不敢相信自己的耳朵：这怎么像黄昏时分车载收音机里传来的、起伏在钢琴与小提琴韵律之中的磁性之音？

这真是一个成天和油污、螺丝、发动机打交道的汉子的声音么？要知道，"成都市技术能手"的称号听起来光鲜，当他站到台上的时候，也不缺掌声和闪亮的镁光灯，然而——那毕竟是一名汽车修理工啊——每天要对着扳子、撬杆、汽油度过，炎热的三伏天里，得穿着一身油腻腻的工作服钻到汽车底下，遇到怎么使劲也拧不下来的螺丝时，心里一急，手上说不定就碰出了一道带血的口子……

然而这就真是他的声音——2016 年 6 月 30 日，当我走进位于武侯大道顺江段 61 号的成都申蓉汽车大众 4S 店时，一眼就认出了他——赤日炎炎下，他穿着一身浅蓝的工装，从容地站在车流如潮、人流如织的店门口，浑身上下，散发着一股大树一般的气息。

这让我顿时凉爽了下来。

二

有一些人不管走到何处，不管从事什么职业，总是不忘自己的初心。

王太军就是这样的人。

2008 年，他参加成都市"百万职工技能大赛"，取得了个人第一名。

2013 年和 2014 年，他参加武侯区职工技能大赛，两年都荣获了第一名。

此外，他朴实的身上还闪耀着"成都市能工巧匠、上海大众NO.1 技术大赛四川赛区第一名"等一系列业内的光环，但当我提到这些时，他却只是咧嘴微微一笑，国字形的黝黑脸庞上悄然闪露出几分羞涩的神情——在申蓉大众宽敞的展厅里，他有些不好意思地看着我不停记录的笔，仿佛那笔尖流出的一行行字吓着了他——然后目光转过去，扫视着环绕在我们四周的那一辆辆黑、白、红、绿的锃亮的车身上。那一瞬间，他眼睛里充满了挚爱的深情。

他说："其实，我从来没有想过什么。从一开始，我就只想学一门手艺，安安稳稳地养活我的家人。"

少顷，他又一字一顿地说道："没想到，我到申蓉来一做就是12年了。这是一份值得用心珍惜的缘分。"

三

这个农家孩子的确没想到自己会成为一名汽车修理工。

实际上，他最初的理想是当一名军官。

20世纪90年代初期，对所有接受了初、高中教育的农村少年们来说，乡村已经失去了她固有的吸引力。一方面是汹涌的打工潮（每到春节，从广州、上海等地归来的衣着光鲜的打工仔们叼着香烟，滔滔不绝地在故乡的酒桌上讲着自己的见闻）的推动；另一方面是"背太阳、过西山"的枯燥、苦闷而又收入微薄的农耕生活让人不愿坚守。因此，乡村少年们的心中充满着对外界的憧憬。

高中毕业的王太军没有选择出门打工。在他心目中，除了高考之外，还有一条跳出农门的出路——他认为，自己在高中课堂上认认真真学来的那些知识不应该就丢失在远方那些汗水、灰尘、噪声充塞的流水线上，自己心中朴实的泥土气息不应该迷失在远方城市里那些弥散着污浊气息的烟雾沉沉的录像厅里、台球桌上——他暗暗捏着拳头：要靠双手改变自己的命运——当兵去！

1993年冬，一列呼啸而去的列车把19岁的四川青年王太军从成都拉到了广袤无垠的黑土地上。在黑龙江滴水成冰、融雪成泥的练兵场上摸爬滚打三个月后，冬去春来，他成了一名每天在电线杆上爬上爬下的通信兵。

部队的生活是清苦的，部队的生活也是充满朝气的。当兵第一年，王太军每天晚上都在灯下复习——不想当元帅的士兵不是好士兵。每当在灯下读得疲了、倦了，他就狠狠扯一下头发，脑海里一遍遍念叨着拿破仑的这句话，直到窗外东方隐隐露出了第一线鱼肚白。

功夫不负有心人。三年后，他的考试成绩终于超过了军校的分数线——然而，因专业原因，他没走成——待军营生涯的第四个年头来到，他准备再次报考时——命运却给他开了一个不大不小的玩笑——他超龄了。

说到这里，王太军的眼睛嗖地闪过一粒晶莹的光芒。我赶忙低下头，端起茶杯狠狠喝了一口。

"那时候心情糟透了。当得知超龄的消息后，我晚饭也没有吃，和衣躺在宿舍里，呆呆地望着天花板，一夜没有睡着。"王太军缓缓说道。

我理解一个农家孩子那一刻内心所充斥的那种巨大的失落。毕竟，一个农村出身的青年要想有所作为，所背负的压力太重太重，所要迈过的门槛太多太多。

然而，事情在这一刻却有了转机。1996年底，王太军从通讯连转到了汽车连。他万万没有想到，此后自己的一生将和这吃了油就风驰电掣的铁家伙紧紧联系在一起。

四

时间到了2002年。这一年，昔日的汽车连士兵王太军已成了丹棱县张场镇山坳里一名白天追赶太阳，晚上听着山风的地地道道的年轻老农民。1997年退伍回来后，他就拿起了父亲手里的锄头。5年的胼手胝足，使他变得像土地一般沉默。

屋后的桉树林早已高过了房顶。每天忙完地里的农活，王太军就要把年老体衰的父亲背到树林里，然后在地上铺开几张化肥口袋，小心翼翼地把父亲扶坐到上面，然后伸出自己也长满了茧子的一双大手，轻轻地落在父亲那已瘦得皮包骨头的肩上、背上。风在桉树林上空轻轻地吹拂着。山下的村庄里，远远地升起了蓝色的炊烟。

半晌半晌，父子俩都沉默着。

然后，暮色像潮水一般包围上来了。王太军看见，父亲的眼里沁出了几滴泪花。他低下头，将父亲抱起来，缓缓走回屋里。

这是父亲去世前半年，青年农民王太军每天的日常生活。

"现在回想起来，觉得真是一种融入我生命中的修行。"讲到这里，王太军的声音有些哽咽了。他抬起头，望了望厅外火焰般的阳光，"从部队回来后，我曾深深地伤了父亲的心。那时候，村里像我这样的年轻人几乎都出去打工了，外面虽然也有烦恼，有痛苦，但收入比家里不知道高了好多倍。我也想走啊，一个大男人待在家里，只会磨手板皮，钱挣不到不说，周围还没有一个人瞧得起你，都认为你没本事，甚至，没胆量。"

可是怎么能舍得下给了自己生命的父亲？尤其是，他已经老去，骨头被岁月的风吹得发疼。那疼起初隐藏在他的皱纹里、茧痕中，随着岁月的风越吹越冷，拧成了一股又一股随着血液流转全身的痛——从骨缝里、从关节中、从肾、从肝、从肺、从以前他从来没有感觉到的地方，潮水般涨起，退去，又涨起……

那一年，父亲就这样被疼着、痛着，他已经没有力气喊叫出来，可是眼里还苦苦挣扎着一缕不甘熄灭的火焰。很多个夜晚，王太军听着隔壁父亲整夜不息的咳嗽声，含着热泪悄然咽下了去沿海建筑工地打工的梦想。

然而男人的肩上生来就压着大山的。家里虽然田少，但地多，零零碎碎地分布在 10 多个山头上，从最近的一块地走到最远的那块地，翻山越岭需要三四个小时。

如果能就这样每天默默地陪着父亲，如果可以用自己在贫瘠土地上的沉默与坚守换来父亲在这人世间活得长一些、再长一些，如果能永远这样陪伴下去……王太军是心甘情愿的。他并不羡慕远方的灯红酒绿。一棵在土地上生长出来的树，知道自己的根扎在何处——然而，分别的那一天不由分说地来到了……

父亲终于不再咳嗽了。他已化为一缕青烟，袅绕在了那永远静默的桉树林上空。

五

父亲死了。

父亲的孩子离开了土地，只身来到了城市里。

故乡的大风啊，离别那天，送了孩子一程又一程。

六

修车首先是个力气活。别的不说，只说把身体投进那夏天热得像火炉、冬天冷得像冰窖的车间里，对很多人就是一个严峻的考验——这还不算换轮胎、吊装发动机等大大小小的活路——每每一天下来，浑身的骨头像被拆散了一般——然而比起一些冷漠的眼神来，快 30 岁的王太军觉得，至少汽车是一个真挚的朋友，虽然它不会开口说话。

那是 2003 年，在申蓉汽车的修理车间里，看上去比实际年龄足足大了 5 岁的青年农民王太军正在努力适应自己的新角色：一个大龄汽修学徒工。

每天清晨，他默默从宿舍里出来，走到车间时，里面还空无一人。

每个黄昏，当他从最后一辆车身下探出沾满油污的花脸时，城市的夜空已点燃了万家灯火。

即使到了 12 年后的今天，申蓉汽车的同事们仍然觉得"军师"王太军是一个沉默得很"无味"的人。他们一直为他的寡言感到可惜：2006 年，他已经因为表现优秀被提拔成了衣着光鲜的行政干部，却以自己处理不了纷繁复杂的人际关系为理由，又重新回到了"晴天一身油、雨天一身泥"的修理车间里。

"这是为什么呢？"看着大厅里穿行在人流中那一个个气质优雅、衣着得体的销售经理们，我好奇地问道。

王太军咧嘴一笑："很正常啊，我这个人生来就不是坐办公室的命，喊我去指挥别人，我怎么也开不了口。可是一拿起扳手，闻到那熟悉的汽油味，心里就踏实了。"

七

螺蛳有肉在心头。很快同事们就发现，这个平素不声不响的眉山汉子一碰到汽车，心眼活泛着呢！有时候眼睛一眨，就是一个技术革新的好主意。

最初的发现来自一个很不起眼的细节：有一天，一向沉默寡言的王太军突然发明了个小"玩意"，大家才注意到他平时不爱说话，其实是在琢磨工作中的问题。原来，汽车的前机油压力检测特别麻烦，一根细管子很难准确伸到已经发烫的水箱旁，好几个同事都曾烫伤过。无奈之下，大家只能选择等整车全部冷却下来，再来进行检测，可这样一来，维修的时间就被拉长了。这一天，突然有人发现王太军手上拿的检测管好像不一样，他的弯度刚好合适塞进缝隙里，再烫的车，好像王太军都不怕。

这一下子，"军师"的名头一下子就叫开了。大家开始对这个农村出来的修理工刮目相看。

就这样，一个小小的发明改变了王太军的工作轨迹：他在埋头修车的同时，主动学习和弥补各种专业技术知识，还从实践中总结出一套自己思考问题的新办法。慢慢地，王太军成了组里的"小小发明家"；慢慢地，王太军成了整个集团唯一的5星级班组长；慢慢地，王太军成了上海大众厂家认证的技术专家……

父亲说得对，桉树是不怕移栽的，不管到哪里，只要有一块土壤，它都会把根深深地扎进生活中，活出自己的精彩。

八

交流快结束了，我突然冒出了一个奇特的念头：眼下，网络上不时爆出一些关于汽车修理的所谓猫腻。作为一名业内闻名的老师傅，王太军对这些问题是怎么看的呢？

一听我的问题，王太军再次咧嘴笑了，然后笑容渐渐收拢，眉宇间透出了严肃的神情："我给你讲个我亲身经历的事吧，听了以后你就明白了。"

"那是我经历的最难的一次修车。在一次普通的维护中，我发现有个客户的汽车出现偶发性换挡发抖，按理说，客户不一定能注意到这种毛病，但是（说到这里，王太军语气猛然凝重起来）万一客户有一天在高速行驶中出现这个问题怎么办？我们是汽车修理工，汽车就是我们的病人。

"于是我决定进行检查、修理，然而没想到，这一动手，我们前前后后光是搬变速箱就有七八次，加班几天都找不出问题所在。最后，我把自己关在宿舍里苦思冥想，终于想到了密闭实验，最终在该车的油道上发现了一根针那么大的沙眼，这才解决了问题。"

王太军说到这里，我忽然发现他的眼睛里闪过几粒晶莹的东西："如果医生不讲良心，还是医生么？虽然我们只是毫不起眼的修理工，可是每一颗拧上去的螺丝也关系着车主的身家性命啊？"

我扭过头，展厅外，太阳不知什么时候已渐渐收拢了自己的光芒，再过一会儿，这个城市里就该点燃那温馨的万家灯火了。那时候，每一幅窗帘后面，就该响起孩子们的欢笑了。

我心里忽然涌上来一股柔软的东西……

该告辞了，我伸出手，和王太军的手紧紧握在了一起。那一双粗壮有力的大手啊，握上去，的确像一棵坚实的树的最温厚的一部分。

一条没有终点的路

文 / 银莲

移动互联网时代又称"e时代"，站在e时代的风口，面向太阳，就能看见希望。

2015年10月14日上午11时，北京市西城区金融大街丁26号，中国中小企业股份转让中心，全国第一家综合电商平台在新三板挂牌上市的钟声为成都米米乐电子商务股份有限公司敲响。

中国电商行业一匹黑马进入大众视野。米米乐商城——全球第一家免费电商平台，一个只卖批发价的网站，搭上了"互联网＋金融"的顺风车。

敲钟挂牌上市这一天的到来，让米米乐公司董事长刘文太为之奋斗了23年。

一

青春是用来做梦的，梦里走了许多路，有几个人能让自己的梦想落地？在求生存图安稳的那些人眼里，没有殷实家底，出生于南充一个普通家庭的刘文太，在25岁那一年做出的选择，实在是太冒险了。

1993年春天，刘文太向《西南经济日报》递交了一封辞职信，告别青春岁月里那段充满激情与挑战的媒体记者生涯。他筹集3万元启动资金，在以丝绸闻名的四川西北部地级城市南充，租了一间面积约

搭上互联网快车的刘文太

10平方米的门店，注册了一家专门经营计算机及其维修业务的公司。

刘文太做电脑生意的想法，源自一次去成都采写新闻，这也是刘文太第一次来到武侯区磨子桥科技一条街，他接触到了电脑。他回到南充之后，跟一个在银行工作的朋友聊起这次成都之行，朋友无意间一句话点醒了他。他意识到，电脑即将成为未来的热门产业，做电脑生意无疑是一个好的创业方向。

看到身边年过半百依然奔波在采访路上，为儿女学费、家中老人医药费揪心的同事，刘文太不敢想象那就是自己的未来。这让刘文太坚定了自己的想法。

"用勤劳创造的财富，为家人为养育自己的父母带来更好的生活，为社会尽自己的责任。"这是刘文太说服自己放弃安稳工作的充分理由。

刘文太最终选择了辞职，他到书店淘了一些计算机原理和维修方面的专业书籍。他白天跑市场，晚上挑灯夜读，越读越来劲。

在 20 世纪 90 年代的中国，电脑并不广为人知。那时候，超级计算机、工业控制计算机、网络计算机、个人计算机、嵌入式计算机刚刚进入中国市场，对于生活在中小城市的人来说，这些怪头怪脑的机器仿佛来自科幻世界。

公司成立后不久，刘文太背着双肩包去开拓重庆市场。重庆是声名远扬的工业城市，时代潮流在长江与嘉陵江的风口上聚集，演绎出麻辣劲爆的传奇。

早上天还没大亮，刘文太走出家门，通常要下午才赶到重庆，找一家背街的价钱便宜的招待所。重庆多山，出门就爬坡，刘文太背着公司的全部家当——一台计算机，几套维修配件，一个门楼、一个企业地上门推销。

那时候，重庆人对电脑的认识度极其有限，卖一台电脑得先坐下来耐住性子，打开电脑一边操作示范，一边跟客户科普计算机知识，推销过程的辛苦不亚于跑一场长跑比赛。

好在刘文太做事利落，性格开朗幽默，颇有人缘。那些潜在顾客看这小伙子身手干练，长得一脸阳光，有些单位即使一时半会儿不买电脑，也交下了朋友，积累了人脉资源，后来他也屡屡接到这些潜在客户购买电脑的电话。

1994 年秋天，刘文太从重庆返回公司，在火车站与一面广告墙不期而遇："人类失去联想，世界将会怎样？"这霸气十足的宣传语让刘文太立马有了跟联想合作的想法。

"卖外国的电脑，不如卖中国人自己生产的电脑。"这个想法让自小就有民族情结的刘文太兴奋了好几天。他想方设法与联想集团西南地区经销商取得了联系，凭借良好的销售渠道成为首家地市级代理商。

为了拓展代理产品的销售渠道，抢占市场份额，刘文太自己掏钱进了一批联想品牌的计算机，搞电脑展销会。他邀请当地政府、企业相关人员参观展览，从副市长到企业家再到普通的上班族。

听说刘文太办了个展销会，媒体界的朋友也来捧场，展销会的专题新闻在多家电视台播放，引起了联想集团总部的注意。

联想集团大客户部经理刘俊彦从北京专程来跟他商谈业务，这一次会面，刘俊彦和刘文太一拍即合，几年合作下来日渐加深了解，两个人成了好朋友。

后来，刘文太成立米米乐电子商务股份有限公司，刘俊彦成为米米乐的亲密合作伙伴。

第一次创业，让刘文太尝到了诚信经营、勤劳致富的甜头。在那个计算机还不够普及的时期，电脑销售的利润空间相对较大，刘文太带领的团队销售业绩在同行中遥遥领先，很快为公司赚到了第一桶金。

二

20 世纪 90 年代的中国，电脑这种高科技产品，在经济发展越快的城市，接受度变得越来越高。

"北有中关村，南有磨子桥"，作为中国西部 IT 行业地标，成都市磨子桥当时已经有了与北京中关村并驾齐驱的"江湖地位"。

从磨子桥到跳伞塔，6 公里长的磨子桥科技一条街，街两边上千家经营电脑、耗材、配件的店铺，家家门前人头攒动，交易买卖热火朝天。

磨子桥科技一条街吸引来了一大批销售电子产品的商家，消费者也对这个电脑一条街有了认知，买电脑就要去磨子桥，这个信息已经在消费者的大脑内存里备份，商家根本用不着打广告就可以轻轻松松把电脑卖出去。

1996年，已经有一定经济基础和行业经验的刘文太决定杀进成都。这一年，刘文太在中科院成都分院旁边租下一间面积约30平方米的店铺，由一个成都的游客变成了这座有着两千多年历史的古蜀名都的创业者，走上了风口浪尖上的创业路。

刘文太创建瑞海公司，一开始发展很顺利。尽管吃的是盒饭，住的是出租房，就连门面都是与别人合租的，但刘文太和身边员工起早贪黑，配货、送货、接待售后服务，总觉得全身有使不完的劲。

武侯区政府对科技产业的支持力度很大，那时磨子桥电脑一条街人流量惊人，给人的感觉就是——只要到磨子桥开店，根本用不着操心销量，店铺一开门，就意味着有钱可赚。

人生注定不会一帆风顺，在你大步流星的时候，总有些坡坡坎坎会在不经意间让你绊一跤。

1998年夏天，就在生意异常红火的时候，刘文太大量进货，不断刷新联想集团分销商销售记录，几家大客户先后出现了资金问题，该收的货款拖了几个月都收不回来，瑞海公司资金链一度断裂。最严重的时候，公司账上一边是客户拖欠的大量应收账款，另一边是供货商那里已经到期催得急人的应付货款。堂堂一个公司董事长，刘文太裤子口袋里也掏不出几块多余的钱来，出纳保险柜里的现金也仅剩下几百元。

"财聚人聚，财散人散。商场如战场，历来都是如此无情。"

当初跟他打天下的十几个员工走得只剩下两三个人，从老员工背后的议论中，刘文太意识到，作为一个企业管理者只会配货、搬货，只靠带头埋头苦干是远远不够的。

刘文太仔细一想，员工离开也不能怪他们有多绝情，每个人身后都养着一个家，有些人还上有老下有小，工资都要拿回去养家糊口。

在那段人生最艰难的日子里，刘文太变得异常冷静。他一边梳理公司业务，追回一些拖欠的货款；一边抽时间去澳门科技大学进修学习。读书让刘文太看清了自己前行的方向，用科学的管理方法经营企业，自己的努力才有可能离梦想更近。

1999年初春，成都第一届电脑节在磨子桥开幕，电脑一条街水泄不通，盛况空前，很多人带着现金来选电脑，商家也在店铺门前扯起广告横幅，摆起桌子卖电脑。生产厂家也怕错过好时机，拿出了旧电脑换新电脑补差价的政策，仓库里积压库存的电脑被抢购一空。一夜之间，瑞海公司起死回生。电脑一台一台地搬出去，现金源源不断地流进来。销售势头越来越好，刘文太把公司的门店从一家开到几家，后来发展到几十家。

旺盛的销售势头一直延续到了2005年，相当多的投资客拿着钱排队等铺面。也就是在那个时期，专门销售电脑的电脑城出现了，不少商户都把商铺搬进电脑城开设销售专柜。电脑城楼上的铺位特别抢手，刘文太也把自己的沿街店铺搬进了电脑城。

这个时期，电脑城里一场没有硝烟的战争悄然打响，价格竞争让一些商家打起了歪主意，假货劣质产品悄然进入市场，侵占了正规渠道品牌电脑的市场份额。

面对恶性价格竞争，刘文太开始思考用全新的商业模式降低仓储成本，减少店铺租金成本。

2006 年，刘文太率先进军互联网，创建网上销售平台——米米乐直销商城（起初叫"买买乐"），开始探索传统商业模式向新兴商业模式的转变。用互联网思维卖电脑，刘文太在武侯区注册了一家网络科技公司，开始了人生第二次探险。

"没有引进风险投资，没有专业技术人才，更没有前人的经验可循。"

米米乐直销商城一上线就困难重重，尽管刘文太做好了用 100 万元试水的思想准备，但一年之后，新公司只剩下他一个人。

那时候，搞网络公司的人，在外人看来都是烧钱的主。跟他同期举起互联网大旗的同行，90% 倒下了。

"创新者从来不惧风险，大不了从头再来。"

刘文太用传统商业模式养新兴的互联网公司，这种两条腿走路的方式，让他的互联网公司即使遇到困难也还有喘息的机会。在失败中不断总结，在探索中艰难前行。

2008 年，刘文太作为四川省优秀企业家，被推选为奥运火炬手。奥运火炬接力分为国际传递和国内传递两部分，3 月 25 日在奥运会的发源地——希腊奥林匹亚举行点火仪式之后，途经海外 20 个国家和地区，5 月 1 日进入内地传递。5 月 12 日，奥运火炬在福建厦门的传递活动刚刚结束，下午 2 点 28 分，四川发生汶川大地震，波及成都地区。地震第二天，刘文太一大早赶去办公室，看见公司员工依旧在岗位上紧张有序地工作。他立即指挥公司组织 3 辆车，带着食物、水、帐篷，深入灾区慰问经销商。一路上，刘文太的心灵一次次接受洗礼，大爱在手与手之间、心与心之间传递。6 月 9 日，奥运火炬传递从云南昆明经丽江进入香格里拉境内，刘文太作为奥运火炬手，高举火炬在风中奔跑，他一边跑一边呼喊："四川雄起，四川雄起！"

他用这种特殊的方式给灾难深重的家乡加油，给灾区的父老乡亲兄弟姐妹鼓劲。香格里拉街道两边围观的男女老少也一起跟着他高喊："四川雄起，四川雄起！"这一刻，刘文太永生忘怀。历经大灾大难，他更加坚定了奋勇向前的信念。

三

移动互联网可以说是人类历史上的一次革命，颠覆了传统的工作和生活方式，最明显的就是让人们的生活和工作变得更加便捷。

随着生活节奏加快，消费群体的年轻化，以及社会老龄化趋势的到来，足不出户就能满足购物需求的电商模式越来越受到大众消费者的青睐。

2015 年，在米米乐直销商城的基础上，刘文太开发上线了免费网络电商平台——米米乐商城。

传统商业模式经历了近百年的发展，专业商店、百货店、超市、便利店，业态相当丰富，每一种业态的存在都有其必然性，但也存在着很多弊端。

"传统商业模式下的生产商不能直接面对消费者，必须通过中间商、零售商来面对消费者，消费者的诉求不能直接反馈给生产商。其次，传统商业模式造成了运输环节大量财力物力的浪费，造成交易成本增加，成本增加导致企业竞争力下降。"

米米乐商城正是瞄准传统商业模式的弊端，为传统企业提供移动互联网整体解决方案，让传统企业在"马上互联网化"的同时，获得开放的产品推广渠道，获得"零成本"的资源共享的电商服务平台，实现高效的信息导入和资源转化。

"站在互联网的风口，一头猪都会飞起来。"

历经三次创业，刘文太幽默中多了几分平和与从容。米米乐——全球第一家免费电商平台，一个全品类综合性网上商城横空出世。米米乐商城在线销售包括手机数码、电脑办公、智能数码、食品酒饮等数十个大类的上万种商品。

谈起米米乐，刘文太睿智的眼神瞬间发光，他站起身来在办公桌前走来走去，话语根本停不下来。在米米乐，你是米客还是米商？

米客，一家只卖批发价的网站，无论对个人客户、企业客户还是商家客户，无论数量是一个还是几千个，一律按批发价销售。目前，米客拥有 PC、移动双平台客户端，属于"自营产品 + 商家免费入驻开店"双模式销售平台。

米商，为分销商、品牌商提供将线下经销、代理等业务转至线上的封闭平台，满足大数据时代企业对流水、信誉、数据等信息沉淀的需求，为企业提供零成本建立封闭式交易网站的便捷途径。

日历从 2006 年翻到 2016 年，十年一个轮回，米米乐从一个 3C 垂直电商转变为全品类综合生活服务电商，从一个自营电商转变为自营加商家开店结合的平台电商，从一个区域电商转变为无地域限制的全球电商。

从刚开始的一年几十万元销售额上升到几百万元，再到几千万元。

2013 年，米米乐的销售额达 3000 多万元。2014 年，销售额达 2 亿元。2015 年，销售额上升到 20 多亿元。

米米乐一跃成为电商行业的一匹黑马。

刘文太构想中的米米乐商业模式是：批发价 + 免费。对客户而言，米米乐是一家"只卖批发价的网站"；对商家而言，米米乐是

"全球第一家免费电商平台"。

作为国务院命名的"高科技文化区"，成都市武侯区资源富集、底蕴深厚、配套完善、交通便利，磨子桥创新创业街区成功开街，成立武侯区磨子桥创新创业联盟，为米米乐电子商务股份有限公司的快速发展创造了新的机遇。

刘文太，一个传统产业时代的成功商人，一个移动互联网时代的超级创客，用敏锐的触角感应时代的脉动，用行走的脚步坚守心中的梦想。

在刘文太的心目中，创业这条路只有起点，没有终点。赶上 e 时代的顺风车，米米乐商城在线上，米米乐人一直在路上。

两千多片绿叶

文 / 林山

自 2011 年成立以来，善工家园得到了政府、社会和个人的大力支持，如今已有 75 位专职员工、2000 多名注册志愿者和 600 多位捐款人。

善工家园专门为智障、孤独症、脑瘫、唐氏综合征等综合性智力障碍群体提供"从小到老"的专业化服务。它为 118 位智障儿童及青少年提供了日间托养服务，还为 1100 多户残疾人家庭提供了 6138 次各类义务社工服务，为 800 多户残疾人家庭提供了社会资源支持服务。

"一群人，为实现共同理想和目标而协同工作，从而让另一群人能有尊严且有品质地生活。"

2000 多位注册志愿者就是 2000 多片绿叶，让社会郁郁葱葱，让残疾人看到了生活的希望，让心急火燎的残疾人家庭（指家中有残疾人的家庭）感到凉爽。

无处不在的志愿者

这些人中，可歌可泣的故事很多。生命不息，关爱不止的桃子，她的事迹感动了无数人，至今人们还念念不忘。三年多时间里，桃子在善工家园服务 100 多次，用时 400 多小时，在整个志愿者中排名第

志愿者陪伴孤独症儿童

一。桃子在她微博中写道："如果某个受助对象让你牵挂，让你割舍不下，进而找到幸福感与价值感，这样你就会坚定地长期从事志愿服务。"

在善工家园 100 多名孩子背后，还有很多默默关注他们的目光，有来自中小学的学生，来自成都各高校的义工组织，来自政府、企事业单位和各种机构的个人，还有来自汶川大地震的幸存者。

张国先就是北川羌族自治县的一名女孩，汶川大地震时，正在读书的她被坍塌的教学楼掩埋了 20 多个小时，后来被志愿者发现，将她从废墟里拯救出来。她在四川农业大学上学期间，经常到善工家园与孩子们交流沟通，她最喜欢到苹果班与大家一起分享成长中的小故事。

志愿者们的身影在善工家园无处不在，他们各自发挥专长，陪伴孩子们，引导孩子们。

这群善工家园的志愿者们都有一个共同点，就是离不开善工家园了。他们与孩子们建立了深厚的感情，这种感情不是其他感情可以代替的，是人类最纯真最友爱最平凡的一种感情。

没有到过善工家园的人一旦去了，就会被深深地感染，进入一个童话世界。善工家园有 2000 多名志愿者，他们的名字在善工家园都编了号，比如黄纯松、朱晓清、刘玲分别对应 V20110801-101、V20110801-102、V20110802-103 等编号。由于篇幅的限制，在这里不能将他们的名字一一列出，是一种遗憾。

志愿者们都愿意在善工家园做一片绿叶，为孩子们营造一个清凉的世界。他们愿意付出，美化善工家园，美化孩子们的心，同时也美化自己。

善工家园的成立

唐海燕，大家都亲切地称呼她为燕子。她是资阳市安岳县人，2007 年来到成都学习茶艺。2008 年在南门隆中茶社做服务生。

燕子年轻漂亮，性格开朗大方，到茶社品茶的人很快就会熟悉这位翩翩的燕子。汶川大地震后的一天，燕子认识的段哥带一位陌生男士来品茶聊天，说到自己家的儿子多多，男士就抱怨，地震太恐怖了，他背着多多步行十多层楼。他样子很沮丧无奈，甚至有点绝望。燕子听得迷迷糊糊，不知道多多是什么样的人，为什么要从那么高的楼房背着下来？从此，段哥和这个男士经常到茶社来，讨论多多的问题。茶社与一般茶楼不同，服务生需要与客人沟通，向客人介绍各类茶的特点，有时候也会谈点茶以外的话题，交流一些个人信息。

燕子逐渐熟悉了这群人，才知道男士叫胡斌，多多是他的儿子，脑瘫患者。胡斌已被折磨得意志消沉，几乎看不到任何希望了。胡斌说，16 年了啊！这十多年，作为父亲，是怎样过来的，燕子想一想就不寒而栗。她家虽然在山区，贫穷一点，但一家人身体都健康。

大家都在想方设法帮助多多，善工家园就是从这里开始谈起的。

燕子学习的是茶艺，对于音乐、美术、文学都有涉及，俨然就是位才女。她经常听到多多的名字，很想见见多多，看看多多究竟是什么样子？机会终于来了。他们相约去段哥家，胡斌正好带着多多。燕子见到多多第一眼就惊呆了，多多耷拉着脑袋，脖子像没有骨头，口水长流，手脚都不能自主活动。

燕子当时就在想，这样的孩子，谁带着都会焦头烂额。燕子理解了胡斌为什么那般苦恼。从此，她就一直想为多多做点什么。燕子，这个来自山区的女孩，从小就养成了善良的习性，甘心倾其所有，帮助苦难之人。

2011 年，胡斌他们历经艰难，终于成立了善工家园。燕子为他们高兴，为多多和无数的多多高兴。她决定从自己微薄的工资里，每月向善工家园捐款 100 元。100 元对于有钱人来说，就是一张票子，但对于底层的打工者来说，却是好多天的生活费。

燕子用行动积极支持善工家园，极大地鼓舞了胡斌他们，像这样的小姑娘都愿意伸出援助关爱之手，成都这么多人，何愁善工家园的发展呢。

燕子持续不断为善工家园捐款，2012 年 9 月注册为志愿者，她到善工家园参加志愿服务近 100 小时。她是第一批见证善工家园从起步到成立的志愿者。

燕子每次到善工家园，都会先跟所有的学员打招呼，然后再去从事当天的志愿服务。她说，每次来善工家园，都想把所有的孩子看一遍，久了不来，心里总是放不下，这里有她的很多牵挂。

燕子现在有了自己的家庭，但她依然心系善工家园，她的举动得到了家人的赞赏和支持，都说，燕子懂事，好样的！

朴素的铭记

张晓清，父亲是参加过抗美援朝的军人，母亲一直在成都教书。她延续了爸妈的刚直无私，从小接受了良好的教育，坚信"为他人谋幸福就是最大的幸福"的座右铭。

高中时候，张晓清是班上的团支部书记，经常率领团员们参加义工活动。

"做善事不是一时的冲动，是长期养成的素质。"

单位、街坊四邻、亲戚朋友都知道张晓清是热心肠。从邮政局退休后，一直坚持公益活动，义务献血累计多达3500毫升，捐赠善款上万元。

2011年，在四川大学读书的儿子放学回家后说，善工家园成立了，需要大量人手帮忙。

张晓清很好奇，就去看看。在与13个孩子们交谈一段时间后，她发现这里简直是另一个世界。

"这些孩子们虽然身体不如正常人，但他们的纯真就像一片湛蓝的天空，一丝乌云都没有。"

2012年2月，张晓清注册成为善工家园助残志愿者，陪伴和照顾孩子，与孩子们交流互动，积极协助后勤老师处理学员们的日常生活及后勤事务，成功处置了孩子的大小便护理问题多达100余次。

她不嫌脏，不怕累。每天从家坐一个多小时公交车到善工家园，再工作一个多小时，然后还得坐一个多小时公交车回家。

　　她累计参加志愿服务 96 次，服务时数 226 小时，在 2013 年 9 月获得善工家园颁发的"四星级志愿者证书"。

　　张晓清为什么那样喜爱善工家园的孩子们呢？她举了两个感人的例子。

　　有段时间，张晓清的手发炎，在家医治，没到善工家园。两周后，病情好转，她就匆匆赶去看望孩子们。当她走到底楼，孩子们正在上课，张晓清便在门上的窗口探望。

　　不料被多多发现，行动不便的多多扑到门口，张晓清见状，立即开门，多多抱着她，嘴里喔喔地在说："张阿姨，你到哪里去了，我好想你啊！"张晓清抱着多多，她能懂多多的语言，激动得热泪盈眶。

　　与张晓清经常一道去善工家园的毛阿姨，因为病了在医院治疗。彭伟吃力地问张晓清："毛阿姨呢？"张晓清回答："毛阿姨有事呢。"过了一会儿，彭伟又问她："毛阿姨呢？"彭伟只能简单发音，他就这样一天问许多遍。问到后来，彭伟表情显得非常失望，内心的痛苦表露在脸上。张晓清看着心痛，这些重情重义的孩子们，时时刻刻都惦记着她们心中的每一个人。

心灵的特殊洗礼

　　金磊磊，四川洪雅县的农家女儿，毕业于四川美术学院，2010 年来到成都任教，与美术界艺术家们一起在蓝顶美术馆创作。

　　2013 年的一天，他们说，开展公益教学活动，锻炼自己，也是深入生活。

正好有位四川大学的教师在场，说："可以到善工家园去试试。"

金磊磊不知道善工家园是做什么的，找个空闲的下午去了。她找到胡斌，胡斌带着她去参观蓝莓班和苹果班。

蓝莓班的孩子们个个神情似乎有些怪异，金磊磊简直不敢相信，原来这里生活着这样一群孩子，对胡斌油然而生敬佩，决定用自己的绵薄之力来帮助这些孩子。

金磊磊的专长是美术，善工家园也在为孩子们上美术课，但不专业。她科班出身，认真为孩子们讲解构图特征，色彩搭配，并耐心指导孩子们的绘画课程。

不久，金磊磊便有种奇怪的感觉，这群孩子单纯得透明，指导他们画画，和他们在一起，自己都变得干净了，就像接受了一次次的心灵洗礼。她在帮助孩子们，孩子们却无形中洗涤着她的灵魂。这种爱很深沉，没有亲身体验过的人是无法想象的。

金磊磊还经常带着美术学院的学生们一道来善工家园，精心指导孩子们绘画。有个叫柴志刚的孩子，有强迫症。他的画，每根线条都要画得笔直，一点点不如意都不可以。包装厂送来一批纸盒，请孩子们在上面作画。这个活就安排给了柴志刚，他一丝不苟，画得包装厂老板赞不绝口。大家都惊叹，人才啊！档案馆看上了柴志刚，聘请他去管理档案，强迫症逼着他养成了丝毫不乱的习惯，管理档案再适合不过了。还有一位患有强迫症的男孩，他的画干净利落，自己也穿得一尘不染。保洁公司请他去试工，屋子打扫得干干净净。公司喜欢得不得了，留下做员工。他打扫卫生，客户无不点头称赞，说："善工家园出来的孩子，有教养，做事踏实，真是不一样啊！"

金磊磊对有天赋的孩子格外精心指导，有个女孩叫瑶瑶，不管是人物造型、线条、色彩都有很高的艺术性，她构思独特，色彩大胆，简直有毕加索、凡·高的风格。

在善工家园，大双小双的画具有出乎意料的艺术价值。金磊磊开始以为让孩子们学画画只是游戏而已，目的是为了稳定孩子们的情绪，但是很多孩子并不是将画画当作游戏。孩子们画画的时候，充满快乐，通过长期的实践，不少具有天赋的孩子便脱颖而出，进入了真正的艺术创作。

金磊磊无法放下善工家园那群可爱的孩子，她星期五来给他们上课，下课后再去接自己的孩子。虽然很辛苦，但充实，快乐。她说，没有和这些孩子们在一起，你就不会感到健康是多么的重要，我们健康人是多么的幸运和幸福！

2014年，金磊磊注册成为善工家园助残志愿服务队队员以来，已累计参加服务50余次，服务数百小时。她不仅一直坚持教孩子们美术课，还参加善工家园的各种活动，为活动增添了不少的艺术色彩。

被传染的感动

张少博，甘肃通渭县人，是金磊磊的学生，他跟随老师一起到善工家园。刚去的第一天，工作人员带着他进教室，向学生们介绍，这位是画画的老师，叫张少博。

忽然一个孩子大声叫"大博老师"，他觉得少博没有大博好听，于是同学们也跟着，一起喊："大博老师！"

这样一喊，张少博很激动，说明孩子们认可他。刚看见孩子们的时候，他感到非常陌生而紧张，好像是两个世界的人。

现在，这群真实的孩子们一喊，猛然拉近了他们之间的距离。

张少博毕业以后，没有去找工作，在蓝顶美术馆成立了自己的工作室，还开了间作坊。他时间充足，每周星期五上午，都要到善工家园上课。

40多位孩子坐在一起，一般是不会安静的。但只要大博老师开始上课，一群"麻雀"会闭嘴，静静地听，静静地看，然后静静地开始画。

张少博耐心指导每一个学生，这是一个世界上最奇特的美术班，他们彼此之间的智力和功底参差不齐，有的可以进行美术创作了，有的还只能画一些简单的树啊草啊之类的，还有两个什么都不能画，只会涂颜色。

有个女孩叫美美，7度脑瘫，语言表述不清，却喜欢画画。有一次，张少博见她情绪不稳，便上前关切地询问："美美，你怎么啦？"

美美露出要哭的样子，她无法用语言回答张少博，便用画笔画了一幅画：两个头像，一大一小，一个是大眼睛，长睫毛，卷头发；一个是小女孩张着嘴，闭着眼睛在流泪。

张少博看懂了，美美是想妈妈了。他说："美美，吃过午饭，妈妈就来接你。"

张少博把空余时间基本都用在了善工家园，快30岁了还是单身，又是外省人。

善工家园的老师们见小伙子有干劲，诚实本分，纷纷帮助他物色对象。

老师们说："少博啊，有了善工家园这个大家，还应该有个自己的小家。"

"你在帮助别人，别人也会帮助你。任何人都需要帮助，任何人都需要去帮助别人。"

2015年7月，张少博结婚了，夫人就是善工家园老师介绍的。

张少博与善工家园的孩子们联系得更加紧密了。他说："不但我要一直在善工家园做下去，而且还要发动朋友们一起来参与。有爱心的人一旦进入善工家园，就会被感动，就会身不由己加入这个行列。"

张少博老师自2014年4月注册成为善工家园助残志愿服务队队员以来，已累计参加志愿服务80余次，教孩子们美术课近200个小时，并耐心指导孩子们的绘画课程。

张少博的加入，让善工家园的孩子们获得了专业绘画的知识，提高了家园的教学水准。绘画，没有太多的语言表达，却满含对特殊孩子的无限关爱。

打开另一扇窗

文 / 黑子

最寒冷的冬天

18 岁时，杨嘉利送稿到成都一家报社。当他敲开编辑部办公室的门，几个年轻的女编辑竟被他嘴歪眼斜的模样吓得跑了出去……这是 1988 年初秋。

两个月后，这家青年报副刊刊发了杨嘉利的一首 10 行小诗，他的梦想也就从那时插上了一双坚强的翅膀，引领着这个身患重度残疾的年轻小伙开始在美丽的蓝天上高高飞翔……

长大后，杨嘉利常思索一个问题：自己这一生最大的不幸是什么？也许就在于他虽然有健全的大脑，同时却又有着严重残疾的肢体，因此也就注定会承受更多跋涉人生的艰辛与痛苦。

簇桥古称"簇锦桥"，自秦汉以来以盛产蚕丝而闻名。1970 年 11 月一个寒冷的午夜，杨嘉利就出生在这座古朴的小镇。当时，谁也没想到这个呱呱坠地的小男孩后来的人生竟会像出生这天一样寒冷。

妈妈曾说，杨嘉利半岁多就开始发音了，而且长得白白胖胖，煞是惹人喜欢。然而，1971 年 4 月，一场突如其来的高烧却差点要了他的命。尽管爸爸妈妈很快把他送入医院，但医生说由此造成的脑神经损伤，将使杨嘉利落下终身残疾。

爱上读书和创作的杨嘉利

　　从此，杨嘉利的命运被彻底改变了，一种与众不同的生存状态成了他一生的活法——可那是怎样的活法呀：双手至今不能自由伸屈；嘴斜了，失去了准确的发音；脚也跛了，走路一瘸一拐……四五岁前，杨嘉利完全就是在床上度过的，6岁多才蹒跚学步。

　　1978年，杨嘉利快8岁了。他看见邻居家的伙伴都上学了，也吵闹着要去上学。于是，妈妈特意为他穿上了新衣服，由爸爸送他去工厂的子弟小学报名。负责招生的老师上下打量着杨嘉利，然后问道："这孩子的大脑没问题吧？""没问题，他可聪明了。"爸爸急忙回答。可老师还是摇头说："他的残疾太重了，过几年再送他来吧。"

　　就是这句简单的话，让杨嘉利上学的希望破灭了。

尽管后来每年夏天，爸爸都会带杨嘉利去报名。杨嘉利为了证明自己能上学，还学会了 100 以内的加减法，但老师们始终是一句话："等明年再来吧。"

求学无门亦有门

1983 年，杨嘉利第 6 次去学校报名。按照当时的政策规定，这是他最后一次入学机会，所以爸爸恳求老师说："收下他吧，我和他妈妈每天可以接送他。"杨嘉利也哭着说："我会听老师的话，好好学习……"显然，杨嘉利的话打动了老师，她用手轻轻擦着杨嘉利脸上的泪水说："孩子，不要哭，我们收下你。"接着就很郑重地将杨嘉利的名字填写在了新生入学登记表上。

杨嘉利终于可以上学了，他兴奋异常！半月后，学校公布一年级新生录取名单，早早去学校等候消息的爸爸，带回来的消息仍然是新生名单上没有杨嘉利！"不会，那个老师不会骗我……"杨嘉利哭了，可爸爸更不会骗他呀。妈妈心如刀割，说："儿呀，你和别人不一样，你只能走一条同大多数人不一样的路。如果你真想读书，爸爸妈妈可以在家里教你。你很聪明，只要努力学习，一样可以学到知识。"

杨嘉利似懂非懂。直到许多年后，他回味妈妈所说的这番话，才明白，在自己人生的又一个路口，是妈妈为他指引了要走的路。

爸爸和妈妈都只有小学文化，可为了教儿子学文化，他们上班一天后又放弃休息，每天晚上轮流为杨嘉利上课，一个教语文一个教数学；两个姐姐也在做完功课后为杨嘉利批改作业，和在学校上课没什么两样，只不过杨嘉利是晚上"上课"，白天写作业；而家中的小屋就成了杨嘉利求知的课堂，吃饭用的小圆桌则成了杨嘉利的课桌……

或许是当时杨嘉利的年龄已经大了，理解能力较强，小学 6 年课程，他仅用一年多时间就全部学完，然后又开始中学阶段的自学。

爸爸妈妈没能力再教杨嘉利了，两个姐姐也相继升入高中，紧张的课业压力使她们也没有更多时间辅导杨嘉利，他就全靠姐姐用过的课本自学。

杨嘉利很喜欢数学，再难的题也要坚持算出来。他梦想将来可以做一名数学家。然而有一天，爸爸说："儿子，你的身体不好，这条路是走不通的。"

那么，对于杨嘉利，哪条路才能走通呢？爸爸没说，杨嘉利也不知道。

16 岁时，杨嘉利开始了写诗。而让杨嘉利与文学结缘的，竟是一次极其偶然的陵园之行。

用诗歌照亮生活

那年春节，杨嘉利去离家不远的簇桥镇书店买书。回家途中，不知不觉走进了路边一座烈士陵园。站在陵园里，面对一座座无声的墓碑，听着四周忽远忽近的爆竹声，他突然感到了一种生命的空灵，有了一种与上帝对话、与逝者交流的感觉，还有了要付诸笔端定格成文字的冲动。

回到家，在一张皱巴巴的废纸上，杨嘉利写了生平第一首叫"诗"的东西。

杨嘉利虽然很快发现，这样的选择对于他仍是一个错误，因为他的右手根本不能拿笔，只得用稍稍灵活的左手写字，可速度极慢，每写一个字都需要花上几十秒钟，完全跟不上大脑的思维。很多时候，当头脑中萌发了创作冲动，却常常只写了几行字，后面的诗句便又全忘了……这种痛苦就一直纠缠着他。

杨嘉利始终没有放弃写诗的执着，因为他知道在人生这座高高的山上，他再没有另一条上山的路可以选择。

为了加快自己的写字速度，杨嘉利后来写诗时，就将小圆桌靠在墙上，更好地固定它。日久天长，墙上磨出了一道深深的槽，爸爸不得不用水泥把槽补上。可没多久，墙上的槽又被他磨了出来！

1988年4月，有个伙伴来家中玩耍，无意中看了杨嘉利写的诗，他惊讶地说："我怎么不知道你还有这种爱好？"他提出要把杨嘉利介绍给他的一位语文老师。

晚上，这个伙伴果然将杨嘉利带到了他的老师周荣升家。后来，在周老师指导下，杨嘉利在写作上很快成熟起来。1988年10月25日，《晨报》副刊发表了杨嘉利的处女诗作《回顾》：

　　　　将纸船
　　　　放进小河里飘走
　　　　梦
　　　　像一只断线的风筝
　　　　那样自由

　　　　心儿
　　　　像树上唱歌的小鸟
　　　　树下
　　　　野草里
　　　　采撷一瓣绿色的回顾……

很快，报社寄来了 3 元钱稿费！

当妈妈看见杨嘉利举着汇款单飞奔回家，她哭了。妈妈说，自从知道儿子会是终身残疾，她就从没指望过儿子有一天还能挣钱呀……这天下午，杨嘉利又去了簇桥镇上，用 3 元钱稿费购买了一本《徐志摩诗选》。

此后，杨嘉利便一发不可收拾，诗歌、散文像泉水般喷涌而出，印有杨嘉利名字的作品陆续在《星星》《青年作家》《三月风》等杂志上刊出。

每次发表作品，尽管都会有稿费寄来，可大多很微薄，仅有几元、十几元钱。年近二十的杨嘉利很大程度上仍要靠父母养活。

杨嘉利多么渴望能自食其力！ 1989 年，共青团成都市委孟虹大姐了解他的情况后，很快为杨嘉利联系了一家福利印刷厂做校对工，月薪 45 元。

报到那天，爸爸妈妈和两个姐姐早早从南郊的家中出发，把杨嘉利送到印刷厂。可到了厂里，厂长却变卦了，说好的校对工作不让杨嘉利干了，后来就一会儿叫杨嘉利看大门，一会儿又叫他去守锅炉。

这年国庆节前，印刷厂要杨嘉利去父母单位联系一辆大货车到火车站拉货，事前说好车费照付。但拉完货后，厂长却把杨嘉利叫到办公室说："我们为你解决了工作，现在用下车还要钱，那我们凭什么白养你呢？"为保住这份工作，爸爸妈妈一咬牙替印刷厂支付了 300 多元车费。但就是这样，没多久，杨嘉利还是被除名了，几个月的工资还不够那笔车费。

这次打工经历，让杨嘉利意识到自己今后的人生之路将会有多坎坷，多难走。于是，接下来的日子，他就在文学写作上更加努力和勤奋，短短几年便在全国 100 多家报纸和杂志上发表诗歌 200 多首和 40

余万字的文章。

1992年，妈妈已退休，家里的经济很不宽裕。然而，看见杨嘉利写作几年，妈妈便与爸爸商量，决定筹钱为杨嘉利自费出版诗集！最初，听妈妈这样说，杨嘉利欣喜若狂，可冷静下来，他不得不面对家中的处境：妈妈的退休金只有100多元钱，加上爸爸的工资每月收入也不足500元，如何能拿出几千元钱为他出书呢？

"儿呀，钱的事你不用考虑，妈妈会想办法解决。"一年后，杨嘉利的诗集《青春雨季》由西南交通大学出版社出版，妈妈的头上又多了许多白发。

1994年9月，《青春雨季》获得成都市政府设立的最高文学奖——"金芙蓉文学奖"，24岁的杨嘉利也由此成为这项文学大奖自设立以来最年轻的获奖者。之后，《星星》为诗集刊发了评论文章。

1996年3月，杨嘉利被四川省作家协会正式吸收为会员。

不过，靠写作养活自己并非易事，杨嘉利的处境仍旧艰难。

生命是动人的音符

1997年，杨嘉利开始了在写作上的转型，采写了一些社会热点问题的新闻稿，并被媒体所关注。

由于有较强的文字功底和敏锐的新闻眼光，杨嘉利采写新闻常常游刃有余，见报率一度很高。1999年，他任《四川价格报》特约记者时，策划并采写的《曹氏姐妹"生命热线"的奇迹》《婚托：婚介所的黑色暗流》等稿件均被评为好稿，每月的发稿率都在报社同事中名列前茅。

当时喜欢看报的成都人，很多并不知道稿件上署名"杨嘉利"的记者会是一个残疾人，更不知道杨嘉利在采写新闻稿件时经历了怎么样的伤痛，甚至屈辱……

杨嘉利没有正式的采访证件，加上行走困难，双手残疾，连说话也会让人半天无法听懂，在一些以貌取人的人的眼中，这样一个人能是记者吗？一次，有位市民带孩子去一家快餐店就餐，发现食物中有苍蝇，于是向店方提出索赔。可店方不仅不肯，反而污蔑她是"有意敲诈"。因为该快餐店在成都很有名气，杨嘉利立即意识到这是一条很好的新闻，于是立即赶往快餐店采访。可赶到新闻现场，保安却不让杨嘉利进去，并叫来一位负责人对他说："不要说你的样子不像记者，就真是记者我也不会让你进来。"

杨嘉利愤怒了，他大声质问："难道残疾人就不能进快餐店吗？"后来，有其他媒体记者赶来。在同行们声援下，杨嘉利终于完成了这次艰难的采访……1999年，杨嘉利采写的长篇通讯《总得给下一代留下点什么》获得了"四川省新闻奖"！

进入新世纪后，做一般性新闻采访竞争更加激烈，再加上媒体推行无纸化办公，用电脑写稿渐渐成为常态，杨嘉利再用笔写新闻显然就跟不上节奏了。尽管杨嘉利很快又自学了计算机应用的相关知识，但他由于双手残疾根本不能在键盘上打字，至今也只能用写字板输入，速度甚至比用笔书写还要慢，对于这个靠文字谋生的编外新闻人，他无疑再一次遇到了挑战。面对挑战，杨嘉利依然选择了勇敢前行，他从2003年开始转型采写深度的纪实性特稿，十多年来不仅在成都的媒体上，更在《知音》《家庭》《婚姻与家庭》等全国多家一流刊物上发表特稿数百篇，成为国内知名的特稿作家。

为了使采写的特稿图文并茂，杨嘉利又自学照相技术。他采写的特稿，配图照片多数由他自己拍摄。

2006 年，辽宁有对盲人夫妇陪儿子到成都上大学，4 年后儿子考上清华大学研究生并且是硕博连读的新闻深深感动了杨嘉利，他看完新闻后马上赶去采访。可新闻中并没有这对盲人夫妇在成都的具体住址，杨嘉利只得冒着酷暑赶到电子科技大学打听，又由于学校放暑假，也没能找到盲人夫妇的儿子。他在电子科技大学问了多名老师和同学后，终于在一个杂乱的居民区找到了他们。近 5 个小时的深入采访，杨嘉利写出了《包饺子卖的残疾母亲供出清华博士生》，稿件很快刊发于上海的《现代家庭》杂志，并引来沈阳《辽沈晚报》的关注，该报首席记者孙超联系上杨嘉利，对这个家庭做了多次追踪报道，在当地轰动一时。

2009 年 4 月，杨嘉利刊于《深圳青年》的新闻特稿《奇思妙想：大三学生把小小广告单做成"报纸"》再次引来关注。主人公李良短短一个月内就收到 1000 多封读者来信，夏天时更是被一家公司邀请去宁波做市场调查。2011 年 5 月汶川大地震 3 周年时，《华西都市报》曾连续三天刊发杨嘉利和两名助手采写的灾区人物特稿，见证了家乡在这场特大自然灾害后重生的奇迹……如今，杨嘉利已年近半百，当年的满头青丝中也有了斑斑白发，但他仍然笔耕不辍，坚持创作，先后荣获了"成都市自强模范"、"成都市学习之星"和"成都市读书之星"等称号。

你，可以就这样吹响一支口哨

就这样在绿叶疯涌的季节

沿着那条无声的小路

在黑色的大森林中

行走……

这是杨嘉利年轻时写下的诗句，仿佛也成了他几十年来在人生道路上艰辛跋涉的写照。尽管生活并没有因为杨嘉利坚忍不拔的努力而向他露出笑脸，相反命运的打击依然接连不断。父亲去世，母亲失明，过去温暖的家渐渐冷清，令他欣喜的是政府的关爱接踵而至。杨嘉利还是义无反顾坚守着他在文字上的梦想，依然让生命中最动人的音符从笔端源源不断流淌出来，并汇入这个时代的最强音！

莲花圣地的使者

文 / 刘馨忆

在喜马拉雅山脉南麓，鬼斧神工地裂开一条深度和长度都堪称地球之最的大峡谷。印度洋的暖湿气流迎面而上，从而让峡谷百花争妍，风光旖旎。两边的坡面自然形成从低河谷热带雨林到高山冰雪带等 9 个垂直自然带。

雅鲁藏布江蜿蜒谷底，一路奔腾，绕过云雾缭绕的南迦巴瓦峰，猛地甩出个巨大的回头湾，翻起的巨浪一路咆哮，裹挟着豪放的歌唱，向南奔去……

传说中需要翻越雪山，穿越蚂蟥区、塌方区，过藤索桥才能到达的密境之地——墨脱，就在那片回头湾里的森林之中，因山高路险，大雪封山而与世隔绝，被称为隐秘的莲花圣地。

因为地理的特殊和封闭，居住在墨脱广袤的森林地带的门巴族和洛巴族还保留着独特的民族文化。他们的生活方式还完整地保留着刀耕火种、狩猎生活、生殖器崇拜、人造石锅、以物易物、图腾崇尚、原始巫术等人类童年时代的诸多习俗，是人类发展的活化石，吸引着越来越多人的关注。

最早发现和搜集这些民俗文化的是现年已 83 岁的离休干部冀文正，他凭借 60 年来对洛瑜文化的痴迷和贡献，被业内人誉为"珞瑜文化第一人"。

关注文化的冀文正

不解的情缘

"革命的车子在拐弯的时候，总容易掉下来。"冀老说他的人生遇到的大拐弯是在16岁，淮海战役之后，他所在的18军又打到了四川。他立刻喜欢上了川南那一片富饶的土地，准备在此安居。可谁想仅仅过了两个月，就接到进藏的命令。有的战友想不通，掉了链子，可他没有。他想谁到最艰苦的地方去，谁就是好同志。几乎没有人做他的思想工作，他就想通了，踏上了西去的历程。经过千难万险，沿刚刚通车的川藏公路到达西藏边陲林芝波密县一带工作。本以为在此总该会稳定下来，可没过多久就又迎来他人生的第二次大拐弯：1954年夏秋之交，根正苗红的21岁青年军人冀文正被选拔出来，派往与世隔绝的墨脱县工作。他经过9天的徒步行军，翻过喜马拉雅山东边最后一个隘口——

海拔 5800 米的金珠拉雪山，穿越热带原始雨林的蛇山和蚂蟥区，在"鲜花盛开的坝子"——卡布村才停下了脚步。在那里，他与墨脱、与洛瑜文化结下了不解之缘。

冀老说，尊重当地群众的生活习惯是衡量部队好不好的一个标准，只有先了解民俗，才能谈得上尊重，只有尊重，才能赢得百姓拥护。年轻的冀文正没想到，洛渝文化所展现出来的美会深深地烙在他心上，让他一生迷恋。

印度洋的暖湿气流被高高的喜马拉山脉挡住了去路，氤氲在墨脱的山谷之中，与地热相互缠绕交融，潮湿闷热，正是蚊虫繁殖的好环境。所以在湿热的夏季，正是疟疾高发的季节。村庄里，每年至少有近一半的人会身染疟疾而躺倒，对繁重的生产生活形成很大影响。那时的墨脱村里没有任何医疗设施，生了病只能靠巫婆神汉来驱鬼治病。一天，冀文正像往常一样走访群众。他兴致勃勃地来到洛巴族部落酋长勒格多杰的家中，却立刻就感到了异样。他热情地与这家主人打招呼，可这家里人不仅没搭理他，还眼含敌意。他有些茫然，只得失落地退出来。他一边往回走，一边想哪里出了差错呢？

回到住处，他闷闷地坐着。正好房东老妈妈进屋来，他就请教她。原来，酋长的女儿亚姆生病已一个多月了！前两天还请了巫师来驱鬼，家里有人生病是不欢迎生人的，怕带去新鬼，影响病人的康复。为阻拦鬼怪进屋，还要在门口插着"纳都欣"。

"纳都欣？那是什么呢？"老妈妈告诉他那是新砍的手腕粗的树枝，上面绑着棉花朵，是驱鬼法器。

可这怎么能治病呢？

边防没有医生，每个人都提前培训过常见病的防治，现在正好派上用场。治疗疟疾并不复杂，吃几片奎宁药片就能管用。拉上房东老妈妈当翻译，他再一次来到勒格多杰家，询问了亚姆每日两次畏寒怕冷的症状，无疑是典型的恶性疟疾。他拿出奎宁药片，说只要几天就可治好。勒格多杰不信任地看看他，又看看老妈妈。老妈妈把冀文正的话每翻译一遍，冀文正就诚恳地朝勒格多杰点一次头。勒格多杰看了看在病中已瘦了不少的亚姆，终于同意了冀文正的治疗方法。吃了3天药，亚姆的疟疾不再发作，慢慢就好了。

痊愈了的亚姆从此有了心事。她有事没事总喜欢往汉族干部的住处走。都是年轻人，有说有笑的很是融洽，可面对冀文正，美丽的亚姆多了几分羞涩。每次离开时，她都很是不舍，走到小路拐弯的地方。她总是站在树下，撩开嗓子唱上一阵歌。虽听不太懂她唱的是什么，可亚姆的歌声是那样清亮、优美，像有一千只手在撩着冀文正的心。他听出那歌声中有希冀、有激动、也有莫名的焦灼……冀文正的心被好听的民歌牵绕着，她唱的到底是什么呢？那样好听！经过几番请教，他终于弄懂了亚姆的心：

> 天上圆圆的月亮，
> 请不要匆匆走向西方。
> 我和情人相会，
> 想借用你的银光。

亚姆爱上了比巫师还厉害的年轻人冀文正。21岁的他也是情窦初开，弄懂了歌词的意思，心里就难过了。亚姆是那样美丽可爱，可由于家庭等种种原因，只能有负于亚姆了。为了不至于太伤女孩的心，冀文正把一张女战友的照片夹在书里，放在醒目的地方，亚姆来玩时问那是谁，他告诉她那是他的未婚妻，等休假回去就和她结婚了。亚姆从此就不再来他的住处了。

悲伤的亚姆依然会到老地方唱歌，只是曲调变了，心情变了，清脆的歌声里有了湿漉漉的忧伤和些许的苍凉，听得他心里阵阵难受。

太阳翻山走了，
留下一片黑暗。
情人抛我走了，
留下满腹心酸。

冀文正把翻译后的歌词抄写在笔记本上，一遍遍地看，一遍遍地念，难过之后，又琢磨出别一番滋味。这民歌是多么美啊！状物与抒情是那样贴切。没有文字的洛巴族口口相传的文化是这样丰富美好，可这多么容易消失！如果能把这些民歌与洛瑜文化用文字记载下来，不也是一种文化的保护与传播吗？不也是对亚姆一片情谊的报答吗！

这个想法一下照亮他忧愁的心。从此在工作之中，他又多了一项自己加给自己的任务：学习当地语言，搜集整理洛瑜文化资料，也由此开启了他60余年的洛瑜文化之旅，结下了生命中不解的情缘。

迷人的秘境

在墨脱工作的16年里，冀文正不论因工作走到哪里，都会抽出时间了解当地的洛瑜文化。婚丧嫁娶、神话故事、舞蹈对歌，他都认真去了解学习，并归类整理。随着学习的深入和洛瑜文化知识的积累，他越来越发现了洛瑜文化的美和重要，作为人类历史生活及人类学多学科研究的活化石，是珍贵的物质文化遗产，是难能可贵的"绝品"。他越了解得多，就越认识到自己掌握得不够，越需要更加努力，也就越为之痴迷。

初期，他主要搜集故事、歌谣，后来经过学习国内外学者的著作，逐步提高了思想认识水平，慢慢确定了抢救、传播洛瑜文化的想法。他根据不同的农时生活特点，确立不同的搜集提纲。过年时，主要搜集情歌，遇到有婚丧嫁娶，就搜集民俗……治好亚姆的病后，他常被远远近近的乡亲请去治病，年纪轻轻就被当地人尊称为"米米老冀"，汉语意思就是"老冀爷爷"，因他性格外向，极易与当地群众打成一片，在工作中建立了广泛的群众基础，为搜集民俗文化打开了方便之门。

他发现珞巴人和门巴人在语言、习惯、服饰、心理等方面均不同于其他民族，他们戴熊皮帽，上面装饰着獠牙，时刻佩戴着腰刀，整个服饰有着明显的狩猎民族的特征。在搜集整理了大量翔实的资料的基础上，他将珞巴、门巴的研究成果上报自治区和国务院，引起了有关部门的高度重视。1964 年和 1965 年，国务院相继颁布确认了门巴族和珞巴族分别为我国单一的民族。这一成果让门巴和珞巴确立了自己独特的文化形态。消息传来，冀文正兴奋得一夜未睡，也激发出他对珞瑜文化更大的热情。

在森林峡谷地带，地无三尺平，生活所付出的体力太重了，连吃水都要到 200 米外的地方。所以每月都有 5 天作为休息日。5 天的"堆桑"日里，不下地，不劳动，只娱乐：年轻人拔河，抱石，比赛射箭，各取所需，各尽其乐。年老者则聚在村头的大树下，谈天说笑。冀文正为了解更多的内容，总是带着当地特有的鸡爪酒。几碗酒下肚，"故事大王"雅西氏族酋长安布在他有意的提示和引导下，畅快地打开了话匣："阿保老冀（老冀爷爷）问人从哪里来的？我们的祖先说，混沌初开时，天上的'波如'（太阳）和'多尼'（月亮）结婚后生了一个女儿和一个儿子……"就这样，年轻的冀文正从百姓那里买鸡爪酒，在酒的畅饮里追逐故事的踪迹，在欢快的笑声里聆听情歌的魅力……微醺中，不时传来年轻人悦耳的歌声，是安布的爱女扎西卓玛：

鞍和马背之间，
隔着绸布毡垫；
我和情人中间，
隔着害羞的语言。

望果节那天，
我站在你身边，
几次想给你说话，
你只笑不开言。

一听就是她看上了谁，正期盼意中人的回应。

冀文正对珞瑜文化的痴迷一坚持就是 16 年。1970 年，调到拉萨工作之后，他没有因距离而有一分减淡。一到休假的时间，他就往墨脱跑，一走就是几个月。一次，他把儿子托给人照料，小半年后才转回拉萨，帮忙照看的同事以为他在路上出了意外，而他已欠了公家不少钱，就没有继续照看，儿子竟成了流浪儿！当他在街上找到讨饭的儿子时，紧紧抱着儿子，歉疚的泪水流了满脸。就这样也没有阻挡他对珞瑜文化的搜集，他利用业余时间进行分类整理，发现缺项太多，未知的太多，还有大量的搜集工作要做。为提高效率和保有原始资料，在此后近20年里，生活简朴的他把大部分工资积攒起来，专等雪化开山之季，按照所列的提纲，邀请珞瑜地区的民间艺人，分6批次到达拉萨，进行现场录制。总共录制时间上百个小时，然后再进行记录翻译，多年下来他积累了上百万字的第一手资料，其中不少是闻所未闻的珍贵文化呈现，研究价值很高。当然，这也花光了他的积蓄。他不仅要负担他们的往返路费、食宿费，还要给他们每人每天5元的误工费。说到这，冀老伸出4个指头，"一次邀请的费用是八九千块钱，那时我要存4年钱，才能请他们一次。"

热切的希冀

1988年，55岁的冀文正光荣离休，没有工作的牵绊，儿女也长大成人，不需要他操心，他可以全力以赴了。当年7月，他带着需要的提纲，时隔34年，再一次徒步进入墨脱。"墨脱什么都好，就是路不好。"回想进墨脱的艰险，冀老记忆犹新，"从扎木翻越喜马拉雅山，要通过原始森林、热带雨林、蚂蟥区、塌方区、东蛇山，还有湍急的河流，只能靠一根40厘米左右宽的独木桥。悬崖上没有路，人只有拉着藤子往下面慢慢滑。如果藤子断了，人也就完了。"

他说，有些口口相传的文化深藏在群众的心底，必须挖掘。随着去墨脱的人多了，珞瑜文化的搜集研究者也多了，要找到第一手资料，就必须要到"深水区"去，要到更边远的地区去，这就要走更远更艰苦的路才能找到"金矿"。1991年，他进墨脱时，走了5天才到达目的地。一天，他感到背上痒得很，让人一看，蚂蟥在他背上咬了34个伤口，血把他的衣服都染红了，干了后又粘在背上，只好先在背上倒上水，软化了，才把衣服脱下来，洗了 5 次水都还是红的。

走得最苦的是 1997 年，冀老那时已 65 岁，他再次走进墨脱。雅鲁藏布江甩出的马蹄形的大拐弯全长 270 公里，两岸悬崖重重，乱石森森，中段 10 公里被墨脱人称为"朗且"（绝路），几乎全是垮沟、塌方，一失足就会跌下万丈深渊，尸骨难寻。而进入大峡谷以及纵深处的墨脱，共有 4 条艰险异常的路线，即翻越喜马拉雅山脉的多雄拉、金珠拉、嘎隆拉三大山口或从及大峡谷进入。多雄拉山口海拔 4000 多米，在喜马拉雅不算高，但因诡异的天气而有"鬼门关"之称。冀老说，翻越多雄拉山，必须在中午之前，中午一过，在山口上如果遇到冷雨浇头，冷风一吹，风雪一冻，人立刻浑身僵直，喊不出，跑不动，许多过山的人就这样留在了山口。年轻的时候，他翻越多雄拉山口，也就五六个小时，嗷嗷叫着就上去了，到了 65 岁，他最后一次徒步下山，走了 9 个小时，逼陡逼陡的羊肠山路，走得心惊肉跳，等下了山，十个脚趾因持久用力，不断和鞋头相撞相挤，血脉不畅，都发黑了……这一次，他在墨脱待了 8 个月，探访了 14 个村庄，录了 90 个小磁带，内容涉及故事、传说、吹笛、老头老太唱的情歌，喝过酒的他们，畅意地放开歌喉，情歌达到了恣意的状态……

冀老的内心是紧迫的，墨脱之行让他认识到一些文化正在消失，随着一些老人的离世，一些故事和情歌都会失传，珞瑜独特的文化密码正在慢慢遗失。他说，之前在墨脱工作时每逢大节日，讲故事能讲几天几夜，唱情歌，一首歌有的人可以唱三天，可是 1997 年再去，门巴族的神话故事《白蛇公主》，他找了当地 5 个故事大王，才把故事凑完整。所以他心里着急，想尽可能地多搜集一些，多记录一些，他说："一个谚语、一首歌谣，就是一个历史，非物质文化遗产是用钱买不到的，作为一个老墨脱人，我有义务把珞瑜文化搜集起来奉献给更多的人。"

为此他先后 28 次翻越喜马拉雅山、8 次穿越雅鲁藏布大峡谷，走遍墨脱的山山水水，熟知那里的一草一木。离休之后，他还 3 次翻越雪山绝境，进入墨脱边远地区，梳理、挖掘洛瑜文化，潜心搜集各类珞瑜文化资料 500 多万字，拍摄相关照片 1200 多幅，为那个曾经的"隐秘的莲花圣地"留下了珍贵的黑白倒影——自家竹楼前手拿弓箭的猎人，棉田间席地而坐盘腿纺线的妇女，两头牛抬杠耕种水田，以及那长达两百多米完全用藤条编制的藤索桥……他成了搜集、整理、研究珞渝文化成就最大、掌握资料最多的民俗专家。

如今，冀老的家中还有两大屋子的照片、资料、日记，仍有 87 盘录满墨脱歌谣、故事的磁带，其中部分内容已经翻译成藏文和汉语，并出版了 20 余部专著，但仍有许多还没有来得及整理和出版。冀老说，自己年事已高，很盼望有对珞瑜文化感兴趣的年轻后学能接过他的接力棒，继续研究传播发扬珞瑜文化，让那些优秀的民族文化影响到更多的人。

爱的坚守

文 / 常龙云

成都华西坝林荫街 15 号小区，老式筒子楼，蛛网般的管线，晾晒的衣服，墙根的扫帚、拖把、塑料凳等用品，无不散发着浓郁的市井生活气息。

望一望四周富丽的高楼大厦，我一时很难把李光琼这个人物，同这里联系在一起。她可是"感动四川"十大人物啊！

天气炎热，除了鸣蝉在深树嘶叫，小院里很安静。二位老人坐在墙边，喝着茶，摇着蒲扇闲聊。

对于打听李光琼的陌生人，他们并不感到稀奇，向我随手一指，喊道："李婆婆，有人找你。"

屋檐下，一位老人坐在简易折叠方桌前，正在练毛笔字。

听到喊声，她抬起头来，随即放下毛笔，起身向我迎来，伸出了热情的手。她步履稳健，尤其是那满头黑发，我误以为找错了人呢。

没错，眼前这位李婆婆，就是 83 岁高龄的李光琼。她慈祥、亲切的微笑，让人心头感觉温暖。

走进李光琼简陋的家，最吸引眼球的是奖状、荣誉证书，桌上、墙上到处都是。"感动四川"十大人物、四川省拥军模范、成都市道德模范、警营好母亲……老人做好事，数十年如一日，老人的坚守令人肃然起敬。

陪白血病孩子过元宵节的李光琼（左二）

"编外司令"的拥军情

提起李光琼，成都市公安消防部队的官兵们，无人不晓，无人不赞，都亲切地称呼她"编外司令"。军营宣传栏上，刊登着她的大幅照片和拥军模范事迹。

李光琼走上拥军路，缘起 1982 年 3 月，与公安消防部队的一次偶然交往。

当时的成都市消防五连开展学雷锋活动，想为驻地老百姓做几件实实在在的好事。做啥好事呢？部队领导找到乡农市街道城管科长李光琼，说明来意。李光琼想到一个困扰居民多年的老大难问题：流经当地居民区的犀角河，垃圾淤泥堆积，长期堵塞河道，每逢下雨，污水漫上河岸，淹没马路，流进店铺，污浊不堪，恶臭难闻，居民叫苦不迭。据李光琼回忆，官兵们接受任务后，连续苦战了三天三夜，清理的垃圾和淤泥，拉了20卡车。他们站在齐腰深的臭水里，个个被泥糊得不成人样，锄头挖，铁锹铲，甚至徒手掏，手磨起了泡，脚划破了皮，但无人叫苦，没人喊累。李光琼组织送水、送饭，居民们也从家里拿出好吃的、好喝的，犒劳官兵，但都被他们友好、客气地拒绝了。

河道通了，河水清了。大家无不动情地说："南京路上有好八连，咱们乡农市街道有好五连。"为了宣传子弟兵的先进事迹，李光琼连夜伏案，写了一篇消防官兵学雷锋做好事的文章，发表在《成都晚报》。

从那以后，公安消防官兵成了李光琼的关注对象。她牵挂他们，关心他们，热爱他们，就像母亲爱自己的孩子。每逢节假日，她带上水果、饼干、衣物等，去军营看望、慰问他们。新兵入伍了，她去军营欢迎。老兵退伍了，她去车站送行。官兵们训练，她端茶递水，为他们当服务队，加油鼓劲，为他们当啦啦队。她还经常邀请他们，到自己家里做客，感受家的温暖。在她眼里，这些远离家乡和父母，来自全国各地的年轻人，都是她的孩子，打心眼里疼爱他们。官兵们亲切地叫她"李妈妈"，家长里短的事，找她摆谈摆谈，思想有了情绪，找她倾诉一通，有啥困难，也找她想办法解决。久而久之，官兵们觉得，她不仅像他们的妈妈，更像一位爱兵如子的好首长。于是，"编外司令"这个称号，在军营里不胫而走，那是官兵们所能给予她的最高荣誉。

在李光琼的积极带动下，当地街道的许多大妈、大爷，也踊跃加入到拥军行列中来。几个西瓜、一大袋水果、一篮子鸡蛋……部队营房值班室，经常收到他们送来的慰问品。浓浓的军民鱼水情，让官兵们能量倍增。

"每当此时，我就觉得咱们军人的付出，千值万值。"代思敏深有感触地说，"老百姓的一声问候，一声赞扬，都会给我们官兵无穷的力量，体会到当兵的人生价值。"

从 1982 年到如今，34 年从不间断，李光琼拥军的足迹遍布成都市 22 个公安消防中队，拥军的事迹感动军营，"编外司令"名不虚传。

笔记本上的爱兵情

李光琼有一本笔记本，经常随身携带，记载了她拥军爱兵的漫漫历程。由于使用时间久了，笔记本磨损厉害，皱皱巴巴的。

我翻开她的笔记本，只见扉页上是她写的一首赞美诗：

一九八二年之春
文明之花开蓉城
消防五连像八连
排忧解难为人民
二十五年如一日
个个都是活雷锋
……

我继续往下翻，一页接一页，有些字迹都模糊了，全都记录着成都市部分公安消防官兵的姓名、年龄、籍贯、联系方式等基本情况，有新入伍的，有退役的，有在职的。比如这一页上，记录的情况是：

消防四队新兵4人：

张全龙，17岁，四川康定市

张林，18岁，四川广元市

任华林，20岁，四川巴中市

文铁枢，20岁，四川遂宁市

虽然老人现在记忆力和视力都不如从前了，但她依然能讲出笔记本上记录的每个官兵的姓名，长啥样，啥个性，啥爱好，家庭情况，以及某些鲜为人知的故事。

战士何涛，入伍时只有15岁，还是个大男孩，特别思乡念家，工作有些心不在焉。李光琼不时去看望他，买他爱吃的零食，跟他拉家常，讲部队的光荣传统和历史，让这位小战士感受到，异地他乡也有亲人和温暖，心情逐渐安定下来，爱上了军营，工作大有起色。

从甘肃来的巩刚，高考落榜后，很长时间都无法摆脱高考失利的阴影，独来独往，寡言少语，不善与人交流，战友间关系处得也不好。李光琼主动接近他，嘘寒问暖，协调他和战友的关系，讲一些自学成才的故事鼓励他。巩刚终于丢下思想包袱，融入部队这个大家庭。后来，他经过不懈努力，考上甘肃某消防学校，成长为当地消防中队的一名军官。

这样的事例，不胜枚举。

笔记本里还有一项重要内容，是李光琼多年来收集的公安消防部队史料，涉及各个时期的人和事，都是官兵们学雷锋，做好事，为老百姓服务的可歌可泣故事，比如排除火险、疏通河道、为居民开锁、摘除马蜂窝……

1998年，李光琼退休了。但是，在漫漫拥军路上，她并没有因退休而停止，也没有因年事渐高而中断。

当时，她的退休工资并不高，每月只有2000多元，其中大部分变成了官兵们的慰问品，变成了家庭困难官兵的慰问金。

2000年，她见不少官兵对流行的唐装特别喜爱，就买了25米白色绵绸，花两个月时间，亲手剪裁、缝制了一批中式褂子，赠送给13名退伍战士。

2013年建军节，她买了1200双袜子，赠送给公安消防官兵……据不完全统计，她慰问退役官兵700余人，在职官兵1000多人。

最感人的一幕，是汶川大地震救援结束后，她带着大包礼物，来到在抗震救灾中做出突出贡献的成都市公安消防支队四中队，慰问劳苦功高的官兵们。战士们排着整齐的方阵，用标准的军礼，向这位"编外司令"致以崇高敬意。

李光琼不仅是拥军模范，还是"感动四川"十大人物、成都市道德模范等殊荣的获得者，公安消防部队也时常邀请她到部队，进行践行雷锋精神、学习道德模范等主题讲座，纯洁部队风纪，提高官兵思想素质；重大节日，还邀请她到军营，与官兵们一起过节。

这位慈祥和蔼的老人走到哪里，都有官兵们围着她，问长问短，笑声不断。

战士杨谦说，老人关怀我们，鼓励我们，待我们比亲人还亲。蒋沧一说，老人把无私的爱，传递给了成都市公安消防支队的每个官兵。

铁打的营盘流水的兵。李光琼送走的退役官兵遍布祖国大江南北。"编外司令"数十年如一日的拥军感人事迹，也传遍了祖国大江南北。

筒子楼里的"爱心小屋"

这套二室的小户型，面积不到30平方米，屋后阳台一角的厕所、屋前走廊边的厨房，都是后来改建的。四壁涂料斑驳，天花板上挂着功率不大的白炽灯泡，照见几件老式旧家具。这就是李光琼的家，给人的印象是：寒碜。厨房外有棵柿子树，是院内的一道风景，树高参天，浓荫匝地，蹿过筒子楼的四楼顶了。李光琼说，那是老伴陈协邦20多年前栽的。老伴去世后，她单身一人居住在这里，却是小区最热闹的一家。

这天，李光琼坐在门口，戴着老花镜，缝补旧衣裳。7岁的藏族小女孩丰烂，坐在她身旁，看她飞针走线。她语重心长地对丰烂说："衣服破了，补一补也能穿，勤俭节约是美德。"

看着这温馨场面，如果你认为她们是婆孙俩，那就错了。眼前这一老一小，并无任何血缘关系，并且相隔千里，以前也素不相识。十几天前，身患白血病的丰烂，随爸爸从西藏来到华西医院治病。经医生介绍，找上门来，才认识了李婆婆，免费住进了她家。

20多年来，像丰烂父女这样的白血病患者及家属，李光琼接待了多少，她自己也记不清了。有免费借住的，有象征性交点水电气费的，有搭伙借用厨房的……有人为她粗略统计过，至少有200人。在白血病患者及家属眼里，她的小屋是"爱心小屋"，她的厨房是"爱心厨房"，而她是"最美包租婆"。

林荫街15号院与华西医院一街之隔，特殊的地理位置，冥冥之中，把李光琼与来自全国各地的白血病患者紧密联系在了一起，"爱心小屋"每天都上演着爱心故事。

李光琼清楚地记得，那年，一位房产中介找到她，说有人想短期租一间房子，问她愿不愿出租。她想，自己有两间房，住一间，空一间，真是浪费，就同意了。租房客是位中年妇女，女儿身患白血病。她们来自偏远的农村，经济拮据，住不起医院，更住不起宾馆，连医药费也成问题，只能找最便宜的廉租房。她们的所有焦虑，都写在疲惫无助的脸上。李光琼了解她们的情况后，看在眼里，愁在心里，为她们的悲苦命运感慨。她思来想去，唯一能帮的，就是把200元房租费退还给母女，送米送菜，在生活上尽量照顾她们。

在李光琼看来，这是一件不足挂齿的小事，却很快在华西医院传开来。于是，一些贫病交加的患者陆续找上门来，寻求她的帮助。耳闻目睹患者的艰难处境，她一不做二不休，把阳台也利用起来，除摆放自己的床，其余地方都安放了小床，专门救助贫困的白血病儿童。

她的小小厨房也变成了公共厨房，接纳来搭伙的患者。每天上午9点多钟，患者家属们就带着饭盒和食材，陆续过来了。他们和老人热情打过招呼后，便一头扎进厨房忙开来。一拨人还没有走，另一拨人就来了，厨房里的人还在忙碌，厨房外早有人候着了。为了照顾患者，方便患者家属，她不得不把午饭时间提前，或者等到下午一点钟左右，大家都忙结束了，才去做饭。

李光琼的女儿住在人民南路四段，多次要接老人过去一块住，便于照顾，都遭到老人婉拒。老人拒绝的口头理由是，住不惯高楼，上下楼不方便，心里想的却是，她走了，白血病患者就少了一个人帮助。孝顺的女儿弄清老人的心思后，不仅没有埋怨、反对，还积极支持母亲的爱心行动，花了2500元钱，请工匠把房屋粉刷一新，打理得更加舒适宜居。有了空闲，她也过来帮母亲的忙，为白血病患者干些力所能及的事。

萍水相逢的无价真情

2009 年秋的一个傍晚，李光琼外出归来，门口一位年轻姑娘，翘首以盼多时，见到她，声音哽咽地叫声"李婆婆"，奔过来紧紧拥抱住她。这是谁家的姑娘啊？李光琼搞糊涂了，看姑娘有些眼熟，却一时想不起来。姑娘松开她，将牛奶等礼物硬塞给她。她忽然想起，这位姑娘曾经也是白血病患者，在她家免费住了大半年，直到治愈出院。

住进"爱心小屋"的白血病患者，最多时有 6 位，他们来自四面八方，不同地域，不同民族，不同方言，都在华西坝子这间小屋里感受到了温暖的人间真情。来的来，去的去，时间久了，老人年纪大了，无法全记住他们，才有了久别重逢时的陌生。但患者们却忘不了她，她的慈祥，她的善良，她的爱心，她的无私帮助。

患者们有好心人介绍来的，有慕名寻找来的，有陌路相逢被请来的。龙原明就是李光琼请来的。

2013 年 2 月 25 日下午，李光琼途经华西医院门口，见一位高个子中年男子边走边抹泪。"年轻人，你哭啥子？"见此情景，她停步拦住他问。"孙子得了白血病……"男子抽泣着说。原来他来自外地农村，家里本来就很穷，媳妇与儿子离了婚，两岁多的孙子又得了白血病。山穷水尽之际，好心的医生告诉他，找附近的居民搭伙煮饭，可以省些钱……不等他说完，李光琼就热情地说，我家就在附近，去我家吧，不收你一分钱！

跟随李光琼来到她家，龙原明看到，厨房里人进人出，好不热闹。患者家属们轮番煮饭、炒菜、熬汤……他做梦也没有想到，这里竟然还有白血病患者的一间"爱心厨房"！

来自雨城雅安的王琼英，是听别人讲起李婆婆，慕名找上门来的。

王琼英8岁的女儿菲菲，爱唱爱跳，活泼可爱，学习成绩也好，却不幸患上急性淋巴细胞白血病。父亲经不住打击，病倒在床，在重庆上大学的哥哥爱莫能助。2011年秋，王琼英带着菲菲来到华西医院治疗。在举目无亲的陌生都市，面对高昂的治疗费、房租费，她一筹莫展。正当她在茫然中感到绝望时，一位患者家属告诉她，去找李婆婆吧，或许她能帮你。

走在秋叶飘零的路上，王琼英心里七上八下。找到李光琼家，推门进去，眼前的情景让她无比惊讶。简陋的小屋里，摆满了小床，床上躺着和女儿差不多大的孩子，几个妇女在厨房忙碌……李光琼得知她的来意后，立即给她们安排床铺，免费住下。为筹集医疗费，王琼英在附近一家餐馆当起了洗碗工。

一个月后，菲菲病情有了好转，王琼英却再次犯难了，东拼西凑的钱快花光了，没有钱，只得放弃治疗。李光琼知晓后，二话不说，转身进屋，拿出一块手帕，一层层打开，将仅有的500块钱悉数塞进王琼英手里："我帮不了你大忙，但孩子治病是大事，千万不能耽误啊！"王琼英热泪夺眶而出。这位文化不高的母亲，声音颤抖着说："我感觉，成都是一座特别温暖的城市……"

新年来临，心怀感恩的菲菲，用五颜六色的糖纸和包装纸，折了很多漂亮的花，每一朵花都代表她的祝福；还有一张新年贺卡，贺卡上画一只飞翔的蝴蝶，上面写着八个字："祝李婆婆新年快乐"。

提起李光琼，患者家属徐旭秀说："李婆婆心肠好，是我们全家的恩人。"患者小洪说："李婆婆待我就像亲人一样，照顾无微不至。"邻居彭晓燕说："李大姐爱心无价，是我最钦佩的人。"社区主任付咏梅说："我们特别支持李婆婆的爱心行为，大力宣传她的助人为乐事迹，希望更多人向她学习，让世界充满爱。"

李光琼的爱心善举不仅感动了病患者及家属，也感动了左邻右舍，如今，他们也纷纷加入到关心白血病患者的行动中来。

和小区其他老人一样，李光琼也偶尔和街坊邻居打打麻将，娱乐身心。此外，她看报、读书、练书法，还给故去多年的老伴写诗，目前已写了50多首。

她经常受单位、团体的邀请，进机关、校园、社区、军营、企业，还远赴昆明等地，作拥军、学雷锋、道德模范等方面的报告。她珍惜荣誉，却从不认为自己与别人有什么不同。

"爱心人人有。"她说，"我只是按自己的想法和方式，做了一些有益的平凡小事而已。"

一盏暖灯

文 / 曹蓉

点亮回家的心灯

寒冷的夜晚，一辆越野车穿过浓雾笼罩的成都大街，朝夜色茫茫的成渝高速路疾驰。

车上坐着一位头发花白、面容沧桑的老人，他不停地喃喃自语，神情忧伤，令人看着心痛。一位 30 多岁、长发披肩的年轻女性坐在老人身边，用她温暖的声音不断安慰老人。

"老人家，我们带您回家了。"

"您放心，我们会帮您找到儿女。"

老人缓缓转过脸，略显呆滞的眼睛望着面前这张亲切和蔼的面容，像亲人一般，禁不住泪花闪烁。他信赖而感激地点点头，不安的、有点神志错乱的情绪渐渐得到平复。

这位亲切和蔼的女性是成都市武侯区玉林东路社区党委书记杨金惠。此刻，她与她的两位同事，正护送老人前往重庆寻找儿女……

这是发生在 2007 年春节的一段感人的寻亲故事。让我们来回溯事情的经过——

大年初七，春节后第一天上班。

临近下班的傍晚，一位民警带着一位老人走进杨金惠的办公室。老人 70 多岁的年纪，浑身冷得瑟缩发抖。他穿着破旧的棉袄，满身

热爱社区事务的杨金惠（右二）

的油污。头发斑白而蓬乱，花白的胡子楂如乱草丛生。满脸爬满千山万壑似的皱纹，一双失神的眼睛十分空洞，表情木讷呆滞。脚上的一双棉鞋张开了嘴巴，露出了脚趾。

这不是社区周锦春老人吗？面对眼前像流浪汉的老人，杨金惠吃惊不已，差点认不出来。

民警告诉她，周锦春老人从他的出租屋出来后，神志不清，迷了路，被好心人送到派出所。他无法说清自己住在哪里，衣袋里只有社区的电话。于是，民警把老人送到了社区。

原来周锦春老人是玉林东路社区的"吊脚户"。什么是"吊脚户"？也许很多人都不知道。"吊脚户"是指本人户口不在该社区，挂朋友户口，而居住在此地。

周锦春的家在重庆，有 5 个儿女。20 世纪 80 年代，周锦春来到成都定居。因为婚姻问题，从此与重庆的家疏远，至此没有往来。到他晚年的时候，身边的女人离开了他，他自己在成都郊区簇桥租农房独居。

由于长期无收入来源，而他远在重庆的儿女也不管不问，老人生活日渐窘迫，难以为继。杨金惠了解到老人的实际情况和困难，深深同情他的遭遇。按照政策，帮老人申请了低保，还发动社区居民向老人捐赠衣物，帮助老人度过寒冬。

一年后，见到老人这副落魄的样子，杨金惠眼中泛酸。她立刻和同事在社区募捐，去街上买来羽绒服和棉裤、鞋子，帮老人换上暖和的新衣，又亲自给老人泡上热腾腾的方便面。但是，老人怎么也不肯吃东西，像祥林嫂一样，嘴里反复念叨着一句话："我想回家。"

杨金惠心里一痛。在春节万家团聚的特别日子，这位 70 多岁老人思亲的强烈情感，深深地震动了她。

孤独的老人渴望回到亲人身边，回到儿女身边。这是一个风烛残年的老人最后的愿望。杨金惠深知，作为社区负责人，一名共产党员，帮助每一位困难群众，以民为本，为民解困，这是她应该担负的责任。

杨金惠明白，要帮助老人实现愿望，找到亲人，让老人的儿女与老父亲相认，是一件非常困难的事。因为老人年轻的时候就离开了原来的家，与另一个女人结合在一起。他在重庆的儿女可能因积怨太深，从没有跟自己父亲有过联系。而眼前神志不清的老人连自己居住的地方都不知道，更无法说清自己的儿女在重庆的地址。

"无论有多大困难，我也要想尽办法满足老人的愿望。"杨金惠迅速在心里做了决定。

"老人家，我带您回家。"她轻声对老人说。这既是一个安慰，也是一个庄重的承诺。

老人呆滞而空洞的眼睛开始有了反应，含着老泪激动地连连点头。

杨金惠决心帮老人找到亲人，解开老人与儿女之间的心结。她的想法得到同事们的支持。

杨金惠当即租了一辆汽车，由同事驾车，连夜护送老人前往重庆寻亲。于是，便出现了夜雾中那一幕情景。

几个小时后，在寒气袭人的夜色中，杨金惠一行到达重庆，向重庆李家沱派出所求助，寻找老人的儿女。

在警官的帮助下，终于联系上了老人的 4 个儿女。此时，已是深夜 11 点。

在派出所，匆匆赶来的几姊妹乍一见到数年不见的父亲，个个冷着脸，眼神充满怨恨。

没有出现久别重逢的激动场面，这是杨金惠料到的。但她没有想到，几姊妹竟劈头盖脸质问她："你们什么意思？为啥把我父亲带到重庆来了？"

杨金惠并不介意，动情地说："你们的老父亲想家了，想回家看看你们。"

几姊妹怨恨地说，父亲年轻的时候就到了成都，不管几个儿女，也不拿钱回家。她们拒绝认父，拒绝接收父亲。

情势陷入尴尬的境地。杨金惠意识到，老人和儿女之间多年结下的心结，一时半会儿很难解开。

在深夜的重庆，当地派出所内，杨金惠与他们展开了一场对话。

杨金惠说："不管父亲年轻的时候，有什么过错，但他是你们的父亲，给了你们生命。作为儿女，从法律上，应该尽赡养的义务，从亲情上，更应该接受他，孝敬他。他回来寻找你们，说明一个老父亲这么多年并没有忘记他的儿女，心里还爱着你们。"

"他有钱的时候，从来不拿钱回来。他管过我们吗？现在他一个人了，没法过下去，就想起我们了？以前怎么就不管我们？"小女儿愤愤不平地说。

她的话，也有合情合理之处。

杨金惠又道："你们都已经成年，作为父亲，他没有必要拿钱回来。作为子女，不能因为父亲没有拿钱回来，就不认他，不供养他。没有天，哪有地？没有父亲给你们生命，哪有你们的今天？"

几个儿女默然。

见他们的心里有一些触动，杨金惠看到了希望，又动情地说："虽然我们社区为他申请了低保，还发动社区的人募捐，能够维持基本的生活。但成都不是他的故乡，代替不了血浓于水的亲情。父亲老了，走不动了，他就是想回来看看你们，或者你们来看看他。难道这点愿望都不能满足吗？你们不能看着自己的老父亲，老无所依，老无所养吧？"

"我父亲在你们社区，你们就应该帮助他，这是你们的责任！"一个女儿说。

杨金惠并没有生气，依然耐心地说："社区只能给老人提供一些帮扶，但无法替代亲情对老人精神的安慰和情感的温暖。你们都已经为人母，为人父，你们也不希望自己将来老了，子女也如此对待你们吧？孝道，是中华民族的传统美德。尊老、敬老，赡养父母，为父母养老送终，是子女应尽的义务。"

杨金惠的一番话，动之以情，晓之以理，深深打动了老人的几个儿女。他们见成都的社区干部冒着寒夜，千里迢迢送老人到重庆寻找亲人，也不禁感动。

经过商量，他们表示，愿在社区的组织下，由他们几家出钱，把父亲安排在成都的敬老院。

终于"柳暗花明"，事情出现了意料不到的转机。从晚上 11 点，一直到次日凌晨 2 点，他们艰难的说服工作，总算有了一个圆满的结果。

老人的女儿上街，主动给父亲买了两块奶油蛋糕。老人吃着女儿的蛋糕，布满青筋的双手微微颤抖，花白的胡子沾满了奶油，老泪纵横，顺着脸颊默默地流着，几个儿女也禁不住哽咽。杨金惠和她的同事见状，眼睛湿润了。

凌晨四五点，已经疲乏不堪的杨金惠和她的同事又驱车送老人回成都。他的两个女儿陪在身边。

在茫茫的大雾中，一辆接送老人的汽车，满载着社区干部的爱心，又驶回了成都。

第二天一早上班，杨金惠又马不停蹄，通过协调成都市民政局，将老人安排在三圣乡敬老院。临别，老人望着社区工作人员不停地流泪。女儿含着泪，拉着父亲的手说："爸爸，您应该感谢社区，感谢杨书记，没有他们，我们不可能认您。没有他们，我们也见不到您，永远失去了一个爸爸。"

一夜之间，社区工作人员的跨省爱心行动，帮助老人找到了亲人，一家人终于团聚。

一夜之间，在杨金惠的耐心说服与劝导下，不愿与父亲相认的儿女，从情感上接受了父亲，解开了多年的心结。老人找到了儿女，儿女也找回了丢失的父爱，回归美好温暖的亲情。

此事在玉林东路社区传开，人们纷纷赞扬杨金惠与社区干部的工作，真心为民解困，为民服务。

"老人，我带您回家。"这是一个社区工作者温暖的声音，回荡在浓浓的夜雾中。

传递爱的火种

"民有所呼我有所应，民有所想我有所为，民有所盼我有所办。"这是为政之道，也是顺应民心之道。

夜幕下，从流光溢彩的成都玉林酒吧一条街蜿蜒而去，有一片灯光。微寒的夜，因为那柔美的光芒，变得宁静而温暖。

这片灯光的所在地，静静地坐落着"全国社会工作示范社区"——玉林东路社区。

宽阔的院落里，一群男女老少围坐在广场上，杨金惠与她的班子成员坐在小板凳上，正亲切地与居民们话家常。你一句，我一句，十分热烈。

这就是被越来越多的人渲染得暖心悦耳的"玉林夜话"。

为了更充分地了解民情民意，杨金惠在社区开设了"玉林夜话"，利用晚上休息时间与班子成员一道到院落陪居民摆龙门阵。对居民提出的问题，杨金惠现场一一作答。

这种与居民群众零距离接触的工作方式受到了群众的热烈欢迎，他们将"玉林夜话"称之为玉林东路社区的"实话实说"，将杨金惠视为无话不说的"贴心人"。

在杨金惠的倡导下，社区全面推行民情专递制度，开设民情专递热线、聘请民情专递员、设置民情专递箱，开辟了民情专递点评栏。

通过民情代表，及时反映群众的诉求，广泛收集民情民意，用制度体系来解决群众的困难。

杨金惠谈到，为解民困，他们于2014年成立了成都市第一支社区慈善微基金。募集来的资金均用于扶贫济困，服务对象都是困难群众。

该社区一个家庭有两位重病患者，母亲患癌，女儿得了白血病。社区启动慈善基金向社会募集了10多万元，定向用于这个重病家庭，缓解了病人高昂的医疗费带来的巨大经济压力。

在玉林东路社区，还有10多位重度精神病人，住在精神病院。一提起精神病院，人们普遍会不由自主地感到一种恐惧。

谁愿意走进那种令人害怕的地方呢？在精神病院治疗的患者，都是精神失常、心灵扭曲、理智迷失的特殊患者，严重者常伴随攻击行为。

当杨金惠了解到社区的10多位重度精神病患者缺乏家庭温暖、社会关爱，她感到自己肩上有一份责任。她认为，精神病患者是特殊群体，需要社会的关爱，不能被社会遗忘。

"我们不能把他们抛弃。"她想。

于是，她和社区干部一道启动慈善基金，发动社区群众捐款，给精神病患者添置冬衣、鞋袜等生活用品。她还带着志愿者到精神病院看望病人，亲自给他们送上新衣。这些精神病患者虽然神志不清，但他们还是有感受的。他们见杨金惠为他们送来衣物，发出友好的嬉笑。这场面感动了在场的医护工作者。

爱是人类最伟大的情感，它深深地扎根于我们的文化之中。在杨金惠的带动下，爱如火种，从志愿者到社区群众，大家传递着，接力着。

把爱洒向社区

"好雨知时节，当春乃发生。"如何将及时"春雨"洒向人间，润物无声地滋润需要关爱的人群？如何让社区居民和社会力量参与到社区的建设和服务中来？

杨金惠，这位取得了"全国社会工作师"资格证书的社区工作者一边实践，一边探索着社区发展的路径。

早在德国社会学者滕尼斯提出"社区"这一概念之前，社区这种人类社会生活的重要现象就已存在。人类总是合群而居。社区是区域里的人的共同体，是社会群体聚居、生活的共同场所，中国远古叫部落。

从这个意义上来说，社区是广大民众共同拥有的家园。

"社区治理就是要让社区每个人参与到社区的服务中。基于我们共同的社区，作为社区书记，就是要让更多社区居民和社会力量参与进来，倡导、带动、组织大家一起做好自己的事，共同治理好社区。"

杨金惠谈到自己对社区治理理念的认识，总是兴致很高，那双睿智的眼睛发出亮亮的光芒。

她提出了社区治理理念——"自我服务""扶助服务""为他人服务"三个层面。自我服务，就是居民要做好自己的事，尽公民义务；扶助服务，就是我们区域里有人需要关爱和帮助，比如残疾人、孤寡老人和困难群众，大家要一起来帮助他们；为他人服务，就是要有能力服务他人。

顺着这个思路，杨金惠带领社区工作者，建立了"爱心加油站""社区组织居民服务中心""长者扶助""残疾人爱心俱乐部"

等机构，构筑起了驻区单位、居民群众共同帮扶困难群体的爱心互动大平台。

在社区工作中，杨金惠本着大胆务实创新的精神，在社区开展了许多个性化服务。比如建立"美好明天社区儿童关爱中心"，开展"爱心助成长"志愿者活动，发动志愿者与社区儿童爱心互动，通过开展"童心导善""儿童跳蚤市场"等主题活动提高社区青少年的综合素质。

针对社区的一些特殊家庭儿童，杨金惠还亲自担任心理辅导老师，为他们进行心理疏导，鼓励他们快乐、健康地成长，为他们提供适合成长的环境，还组织家长参与有益儿童身心的亲子活动。她成为孩子们信赖的人，孩子们都亲热地叫她"杨阿姨"。

用大量诗篇歌颂儿童的世界著名诗人泰戈尔说："儿童受教育的环境，应当是在一个以人的爱为指导精神的天地里。"杨金惠为孩子们开辟了一片爱的天地，爱如一盏温暖的灯，点亮了孩子们的未来。

"老吾老以及人之老，幼吾幼以及人之幼"，尊老爱幼是中华民族的传统文化和精神品质。如何让老人老有所养，老有所乐，老有所为？杨金惠开始了思考，并进行了新的探索和尝试。

杨金惠在社区开展为老干部服务试点工作，搭建起"爱心平台"，即老干部学习平台、生活服务平台、活动平台、发挥作用平台，深受老干部喜爱和群众的欢迎。老干部在这个爱心平台读书、看报，给孩子们讲革命故事，传播革命精神，孩子们受到生动的教育。

中国关工委主任顾秀莲来社区视察工作，对老干部在社区受到的关心和照顾表示赞许，还对老干部们关心下一代的作用发挥给予了高度评价。

杨金惠倡导，社区每个月给80岁老人过集体生日。这个别开生面的集体生日，不是简单吃个蛋糕，可以让老人通过相互认识，做游戏，找到陪伴，找到他的社会组织，感受到社会大家庭的温暖。

"因为老人最怕孤单，但是许多老人失去了社会性，社会关系破坏，所以我们社区工作者要帮助老人重建社会关系，帮助老人最大限度适应社会。"杨金惠深情地说。

夕阳无限好，谁言近黄昏？老人们也可以有多姿多彩的生活。杨金惠和同事们为老人们开展了许多丰富的活动，旅游、社交、读书、文艺娱乐等等，玉林东路社区这个大家庭使老人们重新思考余生，体现自身价值，寻找到活力，寻找到希望，寻找到生命的意义。

创新的理念、有效完善的社区机制，产生了巨大的区域效应，这就是玉林东路社区"及时雨"杠杆效应。

杨金惠说，我们采取的"及时雨"杠杆制度，撬动的是爱心和资源。我们给困难群众提供的是服务和帮助，而不是让他们对社区形成依赖，我们的职责是帮助他们独立、自主，用自己的双手创造美好的生活。

"甘其食，美其服，安其居，乐其俗。"2500多年前，老子便为我们描绘了人类生活聚居的美好画面和理想生活状态。今天，在玉林东路社区，我们看到了一个"其乐融融"的社会共同体。

社区治理，是社会发展的产物，是社会进步的标志。当国家大力推进社区治理时，杨金惠和社区工作者找到了通往成功的发展路径。

2015年，民政部首届全国社区治理论坛在成都举办，全国各省市相关单位来到玉林东路社区参观，大家交口称赞，玉林东路社区的经验具有可复制性，应在全国推广。

如今，杨金惠的名字和她的故事正在被越来越多的人津津乐道，仿佛是一席说不完的"玉林夜话"。

她曾经是国企下岗职工，如今已成为一名社区工作者，"70后"社区领导干部：成都市优秀村社区书记、四川省优秀村社区书记。

她是管理着 6000 多户、10000 多人社区的"群众贴心人"，受群众爱戴的女书记：质朴、亲和、睿智、热情、执着。

……

阿基米德说："给我一个支点，我可以撬起地球。"而杨金惠说，给我一盏灯，我就可以照亮千家万户。

在玉林东路社区，杨金惠就像这安静的夜里，照亮每一扇窗，点燃人间温情的一盏暖灯。

摆渡生命之舟

文 / 常龙云

一

清晨六点，川西平原的天边刚刚露出鱼肚白，手机闹铃就准时响了。一个声音体贴地说，再睡一会儿吧。另一个声音断然拒绝，不行，医院还有一大堆事等着呢。袁玉萍揉着惺忪的睡眼，翻身起床。忙碌的又一天就此开始。

她无暇欣赏天边的鱼肚白，无暇欣赏清晨的美丽城市，甚至无暇给自己弄一顿可口的早餐，脑子里走马灯似的晃动着产妇、婴儿……

7点半，肖家河边，广福桥街 16 号，成都市武侯区妇幼保健院 1 号楼 3 楼，袁玉萍精神抖擞地准时出现在办公室。

袁玉萍是助产士长，负责着整个医院的助产工作，每个产妇和婴儿，都牵动着她的心；全医院 18 个助产士的工作，每天都在她这里汇集、交织。

助产士，平凡而又神圣的职业。说它平凡，是因为没有惊天动地之举，每天忙碌地穿梭于产房之间，对产妇进行生理护理、心理疏导、分娩全过程陪护，帮助产妇顺利生产，工作细微、琐碎，难以言表。说它神圣，是因为每一项细微、琐碎的工作，直接牵涉到产妇、婴儿的身心健康、生命安全，身体检查、胎心监护、测血压、观察产妇宫口扩张度等，她要当好生命通道上的守护神。

守护新生命的袁玉萍

　　正因为如此，袁玉萍经常比喻助产士和她们的双手是摆渡万婴安达人世的慈航。她教导助产士们："每一个产妇，都是一人两命。帮助一个人，就是帮助两个人。救活一个人，就是救活两个人。我们要深知自己责任重大。产妇入院，就把整个生命交给了我们，把全部希望寄托在我们身上。我们要把产妇当家人对待，当亲姐妹对待，拉近关系，融洽感情，让她们充分信任我们。我们要从每件细微的小事做起，体贴她们，关怀她们，帮助她们。"

　　袁玉萍的办公室不大，不足10平方米。一张办公桌，一台电脑，几张靠背椅。办公桌上放着一盆"一帆风顺"，主人太忙了，无暇打理和照料，长势不太好，形象有些委曲。还有两盆绿萝，无处摆放，只好放在地上，进门边一盆，正面墙根一盆，它们的景况与办公桌上的"一帆风顺"差不多。靠墙是两排铁皮文件柜，柜里整整齐齐堆满了各种资料，还有妇产专业方面的书籍。最引人注目的，是墙上那4张工作流程图：产科出血抢救流程、新生儿复苏流程、子痫抢救流程、羊水栓塞抢救流程。图表上每一行文字以及箭头所指向的每一道手术流程，都令人心惊肉跳。一个新生命的诞生竟会潜伏着这么多危险，每一步都伴随着生死纠缠，都可能面临生死大战。

是的，这里经常发生生死大战。袁玉萍和她的同事们，抵御死亡，驱逐病魔，排除险情，忠实地守护生命，引渡一个个新生命顺利来到这个世界，让每一个新生命都如鲜花一样绚丽绽放。

10年了，天天如此，月月如此，年年如此。袁玉萍的青春，在产房里度过，在迎接生命的降临中度过，在新生婴儿的啼哭声中度过，在母亲幸福的微笑中度过，在产妇家人们的欢欣中度过。

二

袁玉萍急急忙忙穿上助产服，戴好手套、口罩，步履匆匆地穿梭在各个产房，逐床巡查。

一声婴儿的啼哭，打破了清晨的宁静，也唤醒了万物的生机。婴儿的哭声嘹亮，仿佛在与窗外唱歌的鸟儿比赛。袁玉萍最爱听婴儿的第一声啼哭，那是对妈妈的呼唤，是对生命的歌赞。她走过去，轻轻抱起婴儿："宝贝乖，晓得咬手指头了啊，好聪明的宝贝！宝贝不哭，我带你去找妈妈，给宝贝吃奶奶。奶奶甜，奶奶香……"她将婴儿送到产妇怀里。疲惫的产妇，脸上绽开甜蜜的微笑。那是世上最美的笑容，令人动情。婴儿小嘴噙住母亲的奶头，停止了啼哭，安静下来。

安顿好这对母子，袁玉萍来到26床，查看产妇床头的医嘱记录，询问产妇的生理反应症状："肚子痛得如何？"产妇说："还没有。"她叮嘱产妇："吃点东西，保存好体力，等待的时间可能会很长。"

袁玉萍来到邻床，产妇告诉她，感觉脚高头低，希望病床的靠头这边升高一些。她蹲下来，娴熟地摇动摇柄，病床一点点升高。她边摇边问："现在高度如何？感觉是不是舒服一些了？"直到产妇说可以了，她才停下。

接着，袁玉萍又搀扶着一位产妇，来到分娩球前，指导她进行助产活动。"抓住栏杆，一定要抓紧，注意安全……双脚打开，对，就是这个姿势，坐在分娩球上，轻轻活动身体。对，就这样，可以帮助胎头下降，有利于顺产。"

这是一位即将分娩的产妇。产房外，家人不安地走动，见到从产房出来的医生、助产士，就上前拦住，焦急地问："生了没有？还会等多久？"此时，袁玉萍正守在产妇身边，产妇的一举一动、产程的每一种变化，都逃不过她的细微观察和科学判断。"这个阶段呼吸很重要，调整呼吸，疼痛会有所减轻。"她轻声细语指导产妇，一遍遍练习。她拿来一块瑜伽垫，放在产妇身下，让她体位更加舒适，以减轻宫缩疼痛。然而，长时间待产煎熬，阵痛一阵接一阵，产妇额头布满汗珠，耗尽了所有体力："我不生了，真的不行了……"袁玉萍紧抓住她的手："你行的，我们都相信你。再坚持一会儿，做勇敢的妈妈，马上就能见到小宝宝了……"袁玉萍的话，仿佛一剂强心针，让产妇重新振作起来。"用力！对，继续用力！别泄劲，小宝宝就快出来了……"袁玉萍口头不停鼓励，双手也没闲着，轻抚产妇腹部，辅助产妇做最后冲刺。终于，小宝贝挤出生命通道，在袁玉萍手中蹬腿踢脚，挥臂舞手。初为人母的产妇忘记了疼痛，望着婴儿喜极而泣。

有时候，某个产妇会叫住袁玉萍，主动告诉她身体的某些疼痛、不适症状。她会耐心观察、询问，给产妇解释，哪些是生产过程中的正常生理反应，哪些需要再进一步观察，哪些需要报告医生治疗。

异常情况随时可能突发。一会儿这个产妇的胎心不好了，一会儿那个产妇的羊水不好了，犹如发出的警报。每一个警报都关系生命安危，令她心情陡然紧张。无形的压力，如山一样罩下。再紧张、再大的压力，她也必须冷静、镇定，迎难而上，解危排难，化险为夷。

也有令人烦恼的情形。比如，某个焦虑、痛苦的产妇叫住她，几乎是责问的口气："袁医生，啥时候生啊？我再也受不了了……"甚至出现不近情理的语言或举动。仿佛，不能早点生，备受产前折磨、煎熬是她的过错，她的责任。好在她也是一位母亲，体验过生孩子的艰难过程，那种对身心和灵肉的折腾是常人难以想象的。只有做过母亲的人，才会有这种深切感受。此时，任何反常的心理、言语和举动，都很正常，都是可以理解的，也是可以原谅的。每当遇到这种情况，她会尽力调整好自己的心态，耐心对产妇进行心理疏导，戒狂戒躁，帮助产妇安定下来；然后，进一步指导、协助产妇，配合生理反应，拿来瑜伽垫，或是分娩球，或是分娩凳，做一些有助于催产的活动。

袁玉萍心里明白，作为助产士，尤其是助产士长，无论面对哪种情况，首先要有良好的心态，才能正确面对、应付和处理；要舍得付出爱心、细心、耐心和责任心，才能成为产妇的精神支柱和力量依靠；要努力疏导她们、安慰她们、关心她们、帮助她们、支持她们，才能增强她们的自信，增加她们的力量，顺利完成生产。

有了守护神们无微不至的关照，母子们都能安然无恙，健康、快乐地出院。每次送她们出院，袁玉萍都感觉特别欣慰。她们的幸福和快乐也成了她的幸福和快乐，对助产士这份工作有了更进一步的理解，更深的热爱。对于放弃受人敬仰的手术台，选择默默无闻的产房，她始终无怨无悔。

寒来暑往，十年间，袁玉萍和她的同事们，以专业技术和职业精神，以琐碎劳动和辛勤付出，帮助近 3 万名婴儿顺利降生，让生命之花粲然绽放，给无数的家庭带来吉祥和欢乐。

三

袁玉萍的手机，每天 24 小时都处于开机状态。助产士的工作职责和性质决定了她的手机不能关机。即便是下了班，回到家，深夜睡梦中，只要医院召唤，同事呼叫，她都风雨无阻，义无反顾地奔向医院，回到工作岗位，一刻也不停留和耽误。生孩子，各种危险谁也无法预料，谁也无法保证不节外生枝，意外情况一旦发生，人命关天，比救火还急。加班对她来说，早已习以为常了。

最长的一次加班，袁玉萍连续坚守了 36 个小时。她清楚地记得，那是 2015 年秋天的一个下午，一位产妇带着几样简单的生活用品，独自一人住进了医院，无人陪伴，无人照顾。她的家人在外地工作，一时赶不回来。可肚子里的孩子不等人，不耐烦地闹腾，急着想出来。袁玉萍得知这一情况后，对她特别关照，一直陪护在她身边，一会儿充当保姆，一会儿充当姐妹，一会儿充当母亲，烦躁时疏导她，疼痛时安抚她，沮丧时鼓励她，行动艰难时搀扶她，甚至给她喂水、喂饭。累了，稍坐一会；困了，喝两口茶；瞌睡来了，伏在办公桌上打个盹。最后，连产妇自己也难以坚持了，提出要剖宫产，一刀割开，痛快了事。袁玉萍不懈地鼓励她："贵在坚持，坚持就是胜利……"直到第三天上午，婴儿终于呱呱坠地。小宝贝重七斤半，又白又胖。顺产，母子平安，皆大欢喜。产妇紧拉着袁玉萍的手，动情地说："没有你给我鼓劲，我哪能坚持到这一刻……"从外地赶来的家人，更是感激不尽。

袁玉萍说，助产士每天和产妇打交道，说得最多的话就是：坚持！加油！你行的！你最棒……简洁有力的言语，从她们口中说出来，是能量供给，是精神输入，又何尝不是积极向上的人生态度呢！在产妇眼中，助产士不仅是救死扶伤的白衣天使，还是引导产妇的精神牧师；不仅是生命的守护神，还是孕妈妈的福星。每个新生命的诞生，都是她们奏响的美妙乐章。

然而，并不是所有新生命诞生的乐章都欢快悦耳，苦难和不幸如刺耳的杂音也会随时降临。袁玉萍说，国家开放二孩生育政策后，大龄产妇逐渐增加，高危产妇越来越多，加大了医院的压力，更加大了医护工作者的压力。一段时间，大龄产妇出血的特别多，抢救产妇的情况时有发生。而产妇家人的普遍态度都是好人进，就得好人出，潜在风险，他们不知道，也不愿知道。稍有不慎，便容易滋生医患矛盾。上至医院领导，下至医生、助产士，每个人都如履薄冰，如临深渊；一旦出现抢救，弄得个个身心疲惫，心力交瘁。

最令袁玉萍难忘的是前几天抢救一位大出血产妇。那位产妇因多次妊娠子宫肌受损，导致这次产后子宫收缩乏力而大出血。从下午三点多钟进入产房抢救，血不断输，不断出，难以止住，出血总量高达8000多毫升，而维持成人人体正常的血液量一般在5000毫升左右，情况万分紧急，命悬一线。从院领导、医生、助产士到血库管理员，全院30多人投入，彻夜守护、奔波、忙碌在生命抢救线上，与死神展开激烈争夺战。凌晨4点钟，血终于止住，硬把她从死神手里夺了回来。大家一直紧绷的神经，才松弛下来。

回到办公室，袁玉萍瘫倒在椅子上，再也无力站起来。

四

助产士的工作，袁玉萍用一个字概括，那就是：忙。

袁玉萍忙的最高纪录，是在一个小时内和同事们连续接生 5 个新生婴儿！她的人生价值就是跟无数新生命的诞生紧密联系在一起，减轻孕妇分娩痛苦，给新生婴儿以呵护。

再忙，袁玉萍也没忘记学习。在学习上，她也像干工作一样，有一股拼劲，学习新知识、新技能。学习是工作和事业的需要，也是她进步和成长的助推器。她原在大巴山区一个国营厂矿医院工作，先后到成都中医药大学等学校和医院学习进修，不断提升自己。2006 年，她应聘到武侯区妇幼保健院工作，从普通助产士到助产士长、主治医师，一步一个脚印，踏踏实实。用老主任的话说，她永远积极乐观，充满活力。

袁玉萍说，现在妇产科发展很快，新知识、新概念不断涌现，临床新技术、新任务也不断增加，比如分娩镇痛、自由体位待产、新产程的临床运用等。这就要求妇产科工作者要加强学习，熟练掌握专业知识和技能，才能更好地成为新生命的守护神。近年来，她所在的医院在陪产、分娩等方面增添了不少新设施和设备，普遍运用于孕妇分娩和婴儿护理。

许多孕妇虽然即将当妈妈了，这方面的常识却非常欠缺，甚至懵懂无知。到了医院，都拿医护人员当主心骨。比如产前，不少产妇都会征求袁玉萍的意见，是顺产好，还是剖宫产好？希望她帮着拿主意。如果身体条件允许，她都会建议、鼓励、说服她们，最好顺产，不主张剖宫产，并一一列举顺产的好处：符合自然规律，对妈妈、孩子和社会都有益等等。同时，她也对比讲剖宫产的种种不利因素和后遗症。事实上，顺产会给助产士带来更多麻烦和辛苦，但只要有利于产妇和婴儿，她不嫌麻烦，也不怕辛苦。

袁玉萍不喜欢突出个人，夸大个人作用。她喜欢说"我们这个团队"。医院是个团队，妇产科是个团队，助产士是一个团队。每个新生命的顺利降临，每个病妇的安全脱险，都是团队协同配合，共同努力的结果，离开任何一个环节都是不行的。

五

一天，一位同事兴冲冲地跑进办公室，兴奋地告诉袁玉萍："袁助产士长，你成为'感动武侯'十大人物了！"

袁玉萍一时愣在那里，不相信这是真的。武侯区常住人口上百万，各行各业出类拔萃者多如过江之鲫，这次活动有1314名海选者，自己一名普通助产士，何德何能，怎么可能成为"感动武侯"十大人物。

"真的，网上已经公布了。"见她不相信，同事打开桌上的电脑给她看。

2015"感动武侯·蛮拼的你"十大人物颁奖典礼上，袁玉萍，这位默默无闻的助产士登上颁奖台，走进聚光灯下，进入公众视野。

主持人从台下请来一位特殊嘉宾。她叫顾雪琴，老远就张开双臂，给袁玉萍一个热情的久久的拥抱。顾雪琴十分动情地告诉大家："2014年，我在武侯区妇幼保健院生孩子，顺产过程持续了20多个小时。在我最脆弱的时候，是袁医生的鼓励和帮助给了我莫大的力量。如果没有她的悉心照顾和有力支持，我根本无法坚持到最后……我和我的家人，会永远记住她。"

抱着一岁零两个月的孩子，随后上台来的顾雪琴的丈夫补充说："孩子生下来后，不吃奶，我在一旁干着急，是袁医生帮助了我们。袁医生及其同事为老婆生产所默默做出的贡献，我们一家人都永远记得。"

顾雪琴，这位年轻的母亲代表被感动的众多孕妇，将晶莹的奖杯、鲜红的荣誉证书郑重颁给袁玉萍。

那一刻，台下响起了经久不息的掌声。

袁玉萍心里明白，这奖杯和荣誉证书不是颁发给她一个人的，是颁发给所有助产士的，颁发给所有救死扶伤的医务工作者的。有了大家的辛勤工作，才让产房充满了温暖，也让我们这座城市不断迎来新的希望。

硬　汉

文 / 雷建

　　在老百姓眼里，检察官是一个很神秘的职业，很多时候只能在各类公讼案件中才能见到他们的身影。

　　在多数人眼里，检察官和犯罪嫌疑人两者是天然的"公敌"，时刻都在对抗着，且势不两立。

　　王东，自 1989 年从学校毕业进入检察系统后，长期默默无闻行走在侦查、办案审讯第一线，将大量犯罪嫌疑人从刚开始抱有蒙混过关的想法，到后来的全部一个个如实交代自己所犯下的罪行，致使辖区内的渎职、侵权案件呈长期下降趋势。

　　在王东从检的 27 年时间里，几乎每天都风尘仆仆，多半时间都在自侦战线上奔波。为了寻找到充足的证据、证人和证言，他可以连续好几天不离开办案现场，一直蹲守在证人居住地等待，累了，就在车里打个盹儿，饿了就啃面包，喝矿泉水，直到把材料弄完才回家。

　　话语不多的王东，外表瘦削，显得有些羸弱，不了解的人很难将他和检察官联系在一起。但熟知的人会说，他善于谋划、能挑重担，在他的火眼金睛下，所有贪污渎职的罪行都会显露无遗。在他的言语之间，每一句话都透着无比的坚毅和沉稳，让人感到满满的一身正气。

　　在 27 年的从检生涯里，王东长期处在忘我的工作状态和严谨的工作作风当中，以致他所经手的所有案件无一错漏。他曾先后被评

潜心研究案件的王东

为"办案岗位能手""突出贡献办案组"等多种荣誉。对此,王东认为,每一个荣誉都是公平正义之路上的新坐标,它们无限的延伸着自己的检察梦、正义梦和中国梦。

把经手的案件办成铁案

每一起职务犯罪案件的背后,往往损害的是党和政府的声誉,侵害的是国家和群众的利益。王东常说:"查办职务犯罪,事关大局,责任重大。无论多难,都要抓好办实,办成铁案。"

2012年,在查办某杂志社编辑部主任贪污一案中,为了查出案件的关键证据,王东在连续一个多月的时间里,每天早出晚归,为的就是锁定关键证据。由于该案件涉及国内多个省市的不同单位、不同人员，有数千人都曾向该主任通过邮局汇来编辑费，数量众多且每笔汇款金额较小，因此多年来没有被单位察觉。

为了找到关键的汇款存根证据，王东带领同事们来到邮局仓库查找，里面堆满了历年来各种汇款凭证和其他资料，仅汇款单就有数千万份之多。说干就干，王东挽起衣袖，和同事们赤膊上阵，在资料的"海洋"中找寻有关接收汇款的证据。

一箱一箱又一箱，王东像年轻人一样挥汗如雨地在装满各种票据的大箱子里，一张张地仔细核对查找，令在场的邮局工作人员佩服不已。

经过一个多月的努力"打捞"，最终在数千万张汇款单中，查找出了该主任通过邮局汇款和银行转账等方式收款的存根证据。经过计算，该主任私自收受编辑费共计500多万元，成为法庭量刑的直接证据。最终，该主任因受贿罪被判处有期徒刑15年。

骄人的成绩总是由心血和汗水浇灌出来的。在王东的自侦办案生涯中，他总是直面艰巨繁重的办案任务，长期坚持"5+2""白加黑"，始终奔波在办案一线。

2010年5月，王东带领渎侦科干警查办了某机关工作人员陈某等人滥用职权、玩忽职守及受贿、行贿系列窝案、窜案。在办案过程中，王东认真分析研究案情，确定侦查方向，制定详细的侦查计划。

由于案情较为复杂，担心遗漏线索，王东不顾连日来的持续奋战所导致的精神疲惫，始终坚持战斗在第一现场，给其他同事起到了模范带头作用。经过努力，最终查明了陈某等人在办理房产证过程中，收受贿赂，滥用职权，虚假办理了100余套房产证，给国家和人民群众造成了巨大的经济损失和恶劣的社会影响。向陈某等人追缴赃款 40 余万元，挽回经济损失 360 余万元。2010 年 12 月，该案经法院审理做出有罪判决，取得了较好的法律效果、政治效果和社会效果。

让经手案件无一错漏

面对检察官，多数犯罪嫌疑人有对抗心理，抱有蒙混过关的念头："我没犯罪，连违纪违规都没有！"有时候，换了几拨讯问人员，案件仍无进展。

在讯问中，王东凭借专业知识和多年积累的办案经验，从犯罪嫌疑人所表现出来的一些细节，发现破绽，并加以人文关怀，通过与犯罪嫌疑人交谈，打开他们的心结，最终都能发现有价值的线索。

多年来，他工作之余一直坚持给自己"充电"，孜孜不倦地学习钻研业务。每办完一起案件，围绕执法办案流程，从线索初查、立案侦查、证据收集等方面认真总结，深入剖析案件办理过程中的经验做法，对出现的新情况、新问题，提出应对之策。王东认为："办案子，首先要业务过硬和用心工作，这样才能确保案件在自己手中不出现一丝一毫的差错。同时，办案的时候，虽然案子有大小之分，但公平正义没有大小之分，眼睛在盯大处的同时也不能放过小处，基层百姓最关注的是对身边腐败的查处。"

在办理某教育信息中心主任受贿的大要案件时，能查证的证据材料很少，而犯罪嫌疑人又极力否认犯罪事实，百般狡辩，妄图侥幸过关。没有铁的证据，就不能指控犯罪。王东凭借专业知识和以往的办案经验判断，通过审查犯罪嫌疑人之前在担任其他公司董事长时的账目，有可能会有收获。于是，他和单位同事商量决定，一面加紧审讯工作，一面查账。他们来到公司，面对一人多高的账本和凭证，一项项地核对，发现了犯罪嫌疑人通过转账套取现金的犯罪证据，为案件的突破奠定了坚实的基础。

为了获取一名证人的关键证词，王东通过调查得知该证人没有固定职业，又离异，居无定所，只了解到他现暂居在某熟人家中。为了不打草惊蛇，王东和同事一道，冒着大雨，深夜前往证人居住处传讯。他们来到证人住处后，发现并没有人。怎么办，是原地等待还是离开？面对这样的情况，王东做出了最终决定：等。

一个小时、两个小时……时间一分一秒地过去，直到次日清晨，证人依然没有出现。"晚上接着等"，就这样，王东白天回到单位办理其他案件，晚上继续到证人居住处守候，饿了就啃点面包，困了就在车上打个盹。功夫不负有心人，两天以后，他们终于等到了这名证人，并获取了关键证词。

王东说："为了找到线索，拿到确切的证据，在现有技术条件达不到的情况下，我们也会用一些'笨办法'。"

对于这样的事，在日常的案件侦办过程中还有很多很多。有时为了寻找嫌疑对象，他往往一蹲守就是十几个小时；有时为了突破嫌疑人口供，他往往几个昼夜不眠不休；为了调取相关证据，他往往一天跑好几个部门。在王东的示范带动下，自侦部门的干警们不论工作日还是节假日，也不论白天还是深夜，只要是案件需要，招之即来，来之能战。

多年来，王东侦办的案件有很多很多。在讯问职务犯罪嫌疑人过程中，方式方法独特，善于发掘嫌疑人内心深处的细微变化，掌握询问发力的时机，能够在短时间内突破犯罪嫌疑人的心理防线，并在平时的工作当中无私地将自己的工作经验分享给同事们。

执法为民扬正义

面对每一起案件，从线索投放、制定初查方案、运筹侦查谋略到完善固定证据，王东都用心、尽全力去侦办。对工作中的苦活、累活，从传讯、抓捕犯罪嫌疑人到突审、搜查异地取证，他都身先士卒。

作为一名长期战斗在反贪一线的"战士"，每查一个案件都会触动一个关系网，都会受到来自社会各方面的压力和诱惑。案子办多了，免不了要过金钱关、人情关。王东从检27年来，通过朋友、同学等途径来打听案情或说情的人，数不胜数。他始终恪守心中那道红线，在面对权势、金钱、人情和各种关系时，抵挡住了各种诱惑和干扰。

前两年，在办理某研究设计院的案件时，该单位领导曾多次邀请王东及单位同事到其单位开设的度假山庄，被王东婉言谢绝。他告诉该单位领导，只要积极配合司法机关做好调查工作，就是对他自己最大的支持。

"对案件执着，严于律己，在法律许可的范围内，他会对犯罪嫌疑人给予十足的人文关怀。"同事牛肃超说，作为一名侦查员，王东有自己的风格。20多年来，他参与了100多起案件办理，整理和承办的各类法律文书逾千份。经他所承办的案件没有一起冤假错案，也没有发生过一起办案安全事故。

2014年底，接群众联名举报称：某干警曹某巧立名目，乱收商家治安管理费。随后，王东对此展开走访调查。

身为警察的曹某具有较强的反侦查能力，群众又害怕被打击报复，不敢出来反映指证，因此，王东在查办案件的过程中遇到不小难度。面对这一情况，王东主动到社区挨家挨户走访了解，耐心向群众解释，以打消他们的顾虑，请他们主动出来做证。最后，经过不懈努力，曹某乱收商家治安费的取证工作得以突破，为案件侦破工作打下了基础，曹某被移送法院起诉，受到了法律的严厉制裁。

做一名人民满意的检察官，是王东最大的心愿。因为他知道，只有为人民群众办实事，才能得到人民群众的认可。在执法办案中，王东始终将服务和保障民生作为出发点和落脚点，通过查办发生在群众身边、损害群众利益的职务犯罪案件，切实保障人民群众的合法利益。

"在人民检察院工作，首先要对得起党和人民，不能跨红线一步。"王东在日常工作中，时常提醒新来的同事。多年来，他严格要求家人，不接受任何单位和与案件有关人员的吃请、礼物，从内心深处构筑起一道拒腐防变的警戒线。

正是凭着这份敬业和执着，由他所办理的每一起案件均被法院做出了有罪判决，给党和人民交上了一份份满意的答卷。从他身上，我们看到了一名人民检察官对情操的固守、对事业的忠贞、对公平正义的追求。

硬汉的遗憾

"今天要加班，不用等我吃饭了，可能要晚点回来。"在晚饭时间，妻子总能接到王东这样的电话。由于自侦工作的特殊性，加班加点是常有的事，妻子早已习以为常。

"2014年底的一个深夜，我们正在加班讯问一个非常关键的证人，这时候王东妻子打来电话称，1岁的儿子突然发起了高烧，希望他能够早点回家带儿子去医院。只听到他在电话里给妻子说，等下就回去。挂了妻子电话，他又继续投入工作。"同事牛肃超说，那天晚上，王东不断地给证人动之以情，晓之以理地进行心理疏导，最终证人开口说话，案件出现重大突破。而此时，天已经亮了，他才拖着疲惫的身体回家。

在日常工作中，王东经常会遇到一些情绪过激的上访群众，有时还会有缠访闹访的，甚至会对他进行无礼地谩骂和侮辱，但他始终不忘自己的职责，耐心细致地为群众释理说法，不急不躁，直面群众的诉求。他说："只要在能力和职责范围之内的事情，他会尽可能为群众解决问题。如果自己不能解决的事情，他也会认真做记录，向领导汇报。"

同事高娅回忆，几年前在办理一起专案时，由于连续加班一周多时间没回家，王东突然感觉到胸闷气短，将他送去医院后，医生诊断：是劳累过度导致的心律不齐，需要多休息，并给他戴上了24小时心脏监测仪器，叮嘱他回去多休息。从医院出来，王东不顾同事和家人的劝阻，依旧返回到办案一线。

"2015年除夕，所有人都忙着准备过节的年货。一大早，老王就带着我赶往看守所讯问犯罪嫌疑人，在看守所整整待了9个小时，直到晚上6点多才回到单位。"同事王涛回忆说。

对工作，他兢兢业业；对犯罪嫌疑人，他扛起法律毫不手软。但对于家人，他是愧疚的。由于长期忘我工作，王东不仅忽略了对家人的陪伴，也忽略了对自己身体的照顾。2015年3月，王东在单位组织的例行体检中被查出患有慢性白血病。同事刘宋感慨地说，好像工作就是他的全部一样。他随时都驾驭自己瘦小的身躯，不断地走访、调查取证、讯问，反复地推敲案件，绝不遗漏下任何可以把犯罪嫌疑送上被告席的证据，让其接受法庭的审判。

　　同事刘宋说，在王东查出患有白血病期间，他没有因病而耽误工作，像往常一样正常上班，主持开展各种调查取证工作。截至目前，由他负责侦办立案的案件都在顺利地往前推进。

　　每当王东和同事们聊起1岁多的孩子时，他瘦小的脸上会泛起幸福的微笑。"孩子刚出生时患上了黄疸，后来又得了肺炎，在一个月的时间内进了好几次医院。所幸现在还长得不错，11个月大就会走了。"谈到年幼的孩子时常半夜发烧生病，自己又经常加班，没能照顾好孩子，王东显得有些遗憾。

雪域高原的印迹

文 / 何二三

2016 年 6 月底，王成川结束了为期两年的援藏工作，回到成都，高原反应还未退去，笑言从白玉到成都好比要倒次时差。近不惑之年、长着一张娃娃脸的王老师看上去比实际年龄更为年轻，他微笑着摇头，说："这两年老多啦，你看平白长出了好多白头发！"

这些早生的华发是雪域高原留给王成川的印迹，记载着他曾经的着急、生气、沮丧，更记载着他的奉献与收获。

沟通是理解的开始

2014 年 8 月，武侯高级中学艺体处主任王成川一腔热血，响应四川省委组织部"千名干部人才援助藏区行动"的号召，自愿报名到平均海拔 3100 米的甘孜藏族自治州白玉县支教，他将此事告知妻子时，妻子的支持令他终生难忘。

妻子是小学科学老师，不但每周要上 20 多节课，还要带学生们参加比赛、组织活动，有时回家累得连话都说不出。工作忙，家务也不轻松，除了要照顾不满 8 岁的女儿，家里还有一个 60 多岁和一个 90 多岁的老人。明知丈夫此去两年，自己肩上如负铁担，但妻子懂得丈夫一直都有一颗"大山心"，反而宽慰王成川："你想去就去吧，反正平时女儿学习是我辅导，周末兴趣班也是我带她去，你在不在家

与藏族孩子在一起的王成川（右四）

都一样。"

王成川感激而愧疚地望着妻子，她正跑进跑出为他收拾行李，将一大包治疗慢性咽炎和预防高原反应的药塞进箱子，妻子掩饰着即将离别的泪，喉头哽咽着说："我知道你是来自大山的孩子，一直都想用所学所长回报社会……家里不要担心，你要把自己照顾好。"

第一次进白玉，车子在路上颠簸了三天，一路上，窗外的雪景与悬崖让大家不断发出尖叫。美景之中暗藏险境，当一行人风尘仆仆抵达，最先迎接他们的是不知从哪窜出来的几十只野狗，吓得教育组一个年轻小伙子坐倒在地。

条件艰苦，道路泥泞崎岖，牦牛和野狗在县城大摇大摆地走街串巷；住屋没有热水，后来又不时停水停电，有时满头泡沫忽遇停水，弄得尴尬不堪。

环境之苦，并未打消王成川的满怀激情。第二天，他还没倒好"时差"，在街边匆匆吞下一碗面条，便开始与人交流。

王成川始终相信：沟通是理解的开始。虽然一开始，沟通是这么艰难。他向学校老师、前期到校的学生、门卫老师了解学校的管理方式、教学情况、风土人情、民族文化，他和藏族老大爷通过比比画画的肢体语言，竟然能将对方意思猜个七八分，他逼着自己"多开口，多交流"，不愿松懈一刻。

王成川挂职白玉县中学副校长，还担任两个藏文班的物理教学。这两个班生源参差不齐，年龄从 12 岁到 17 岁，有的小学只念了三年半便直接到县中读书了，甚至还有 20% 的学生听不懂汉语。王成川接手教物理，同事替他倒吸一口冷气：这些学生底子弱，基础差，老王的队伍不好带啊。

王成川在黑板上出了一道题：一个男人的身高是 175（ ），选择项有 4 个物理单位：厘米、分米、米、千米。班上 30 多个学生，竟然有相当数量的学生都选了千米！这完全是个冷笑话，王老师笑不出来，怎么初二学生还犯这种错误啊？他气得想把手中的粉笔头摔到地上，但视线一接触学生们羔羊般无邪的眼睛，他立即心软，原谅了他们：他们不是故意惹老师生气的，只是之前好多学生在小学打下的底子薄弱，一到可以挖虫草的季节还随便逃课，要让学生掌握知识，首先需要让他们转变观念！

王成川带的两个班，从 2014 年 8 月接手到 2016 年 6 月参加中考，别的班都有学生最终放弃考试，他的学生完完整整地上了考场。王老师告诉过他们：读书是人生非常重要的一件事！王成川临行前，有学生在老师的留言簿上认认真真写下了这样的话：以前，我从未遇到过像王老师这样的好老师。

最怕月圆的晚上

在白玉两年，问及王成川最怕什么？奇怪的是，他不怕生活艰苦，不怕工作繁重，最怕的是"月亮大的晚上"。星空如洗，月色皎洁，晚风细细吹拂，空气中似乎还能嗅见格桑花香。但，越是美景，越让人神伤。流水潺潺过白玉的欧曲河，传说中，不就是当年文成公主远嫁时流下的眼泪吗？泪汇成河，河涌起浪，沉默奔流，再引来无数游子思故乡。

月亮越大，越想家。王成川睡不着，在操场上仰着脖子望星空，思念同一轮圆月之下的亲人。想念如丝，绞扯得他心疼，他给妻子打电话，絮絮叨叨，袒露心声。他刚耳闻了身边一位援藏干部妻子的逝世消息，在辽阔雪域，忽然发现，和生死相比，日常生活中的琐碎烦恼，其实都不值一提。夫妻俩在电话两端，聊得泪流满面，心心相依。

"好好的，老公你一定要好好的。"妻子翻来覆去叮嘱丈夫，因为她比任何人都懂得，为了他的教育事业，他太拼了，简直是拿命去拼。

妻子的担忧很快成为现实，站讲台站了十几年，多多少少都会有"职业病"——咽喉疼痛，所以，一开始嗓子不舒服，王成川并没往心里去，他吃着妻子为他准备的药物，以为扛扛就过去了。但很快，他的扁桃体发炎化脓，人也有了重度高原反应，整天头痛、头晕，只要把眼睛闭上，马上就会倒下，嗓子疼得咽口水都疼。在这种情况下，他却坚决不肯缺课，因为学生需要他。

学生太需要老师了，教师队伍的专业化和制度化，非一朝一夕能建成。最初来到这里，王成川就觉察到学校的评优工作缺乏科学数据支撑，某些老师责任心不够，作风散漫，遇到事便请假，急得校长四处找替补。他初来便给自己定下了铁的规矩：只要我还活着，爬也要爬上讲台，先把课给学生上了！

王成川相信"表率"的作用，因为当初他从一个食不果腹、衣不蔽体，打着光脚板上学的苗家山里娃，一步步走到大学教室，再走上三尺讲台，靠的不仅仅是顽强于常人的毅力，还有"表率"的化学反应：第一个表率，是他念书念烦了，溜到学校附近，看到那些七八十岁的老人家，驼着背走远路背菜来卖，他想，"我不能让父母七八十岁还这么辛苦，我要努力"；第二个表率，是亲眼见到学校周围的混混们，男孩文身、抽烟，女孩将自己化成乌嘴鸡，身穿奇装异服，他想，"我千万不能变成他们中的一员，我要上进"；第三个表率，是长他一届的学长，平时看上去吊儿郎当，贪玩好耍，某天忽然告诉他，自己考上大学了，他想，"我也可以奋起直追呀，我要上大学"。

现在，王成川好不容易才圆了他的"大山梦"，怎会舍得因病离开心爱的讲台？长达两周时间，因为扁桃体化脓，他每顿只能强迫自己喝一点稀粥，讲课时两臂撑着讲台，勉强不让自己倒下。孩子们缺乏知识基础，他就将一节课的内容备成两三节课来讲，难点分散，边学边补，将重点知识"切割"得细细的，让孩子们能通过点滴的积累，形成系统的知识体系。

班上的牛麦彭措，第一次物理考试得了3分，王成川哭笑不得，他对孩子说："你'太有才了'！不过，咱们下次一定要进步才行。"面对差生，王老师从不打骂，也不漠视，反而对成绩不好的学生"委以重任"，比如这位牛麦彭措，王老师就指定他当了物理课代表，这样，牛麦彭措不可避免地每天都要和课任老师碰两次面，硬着头皮汇报情况。每次碰面，王老师都会鼓励牛麦彭措："你小子今天不错，上课都没有打瞌睡！今天有进步，让你起来回答问题，离标准答案都很近了！"在王老师眼里，并没有泾渭分明的"优生"和"差生"之分，一视同仁、有教无类才是他教书育人的理念。

班上有位身材单薄的土登多杰，之前根本不会用汉语表达，王成川重新安排了座位，让同学们"一帮一"，汉语好的同桌带汉语不好的，给他们"二次讲课"。为了激发土登多杰的潜力，王老师点名让他回答问题，他脸皮涨得通红，半天说不出来，倒急出了两行眼泪。王成川看着孩子哭，心里未尝不难受，但他坚持着，再给他一点引导，让他亲口说出答案，土登多杰流着泪，终于憋出了答案。王老师号召大家一起鼓掌，大声表扬："土登多杰同学是好样的！"从那之后，土登多杰性格变得开朗了许多，对学习的热情也直线上升。王成川说，当老师，有时不得不"逼"一下学生，学生思想上有个坎儿，迈过去就好了，很多"心软"的老师，看到学生哭，马上放弃"激励式教学"，他说幸好自己心肠要稍稍"硬"一点儿，否则也无法看到土登多杰的可喜转变。

王成川说自己心肠不够柔软，若拿这个问题问他的学生，孩子们肯定要七嘴八舌地反驳："才不，我们王老师是天底下心肠最善最软的人！"

体味明星般的待遇

王成川在成都时，夫妻都是普通教师，到了白玉，他有时的所作所为却很有明星感。

这天下课后，王成川收拾起教案往外走，听到走廊转角处有嘤嘤哭声，一大群学生围在那里。他上前一看，原来哭鼻子的女生是尼安拉姆。尼安拉姆 4 岁时出过意外，撞伤了头，后来伤虽好了，却留下后遗症，她说话做事都比同龄孩子慢一拍，为人腼腆。

她们班里自发组织一个班级活动，需要每个同学出 15 元钱，她家太贫困，实在拿不出这笔钱，所以哭得伤心不已。王成川让孩子不要再哭了，从包里掏出 20 元，对她说："今后遇到这样的事情，记得告诉老师，老师会帮你的！"

惦记着尼安拉姆的家境，一到放假，王成川就约上同事，带上米、油等生活用品，去了尼安拉姆离县城 60 公里的家。尼安拉姆父亲早逝，母亲带着她住在舅舅家，最近舅家新居还未落成，母女只好搬进四面漏风的简易房，地上用石头垒了一个火坑，铁锅里的米饭不经高压，怎么煮都煮不熟。尼安拉姆的母亲看到老师家访，激动得哭起来。王老师当即对孩子说："好好读书，以后你每月的生活费和学习用品费，王老师包了！只要你想一直念下去，王老师都会一直支持你，供你读书。"尼安拉姆的母亲用手背擦眼泪，用藏语反反复复感谢老师，感谢共产党。

冬天到了，王成川请妻子当参谋，专门网购了适合年轻女孩的棉衣和棉鞋。这个冬天，尼安拉姆感受到了三春暖阳的照耀。

进藏第一天，王成川就在自己的日记本中写道：虽然条件艰苦，但喝了白玉水，就做白玉人，就做白玉事。为了藏家的孩子，与其苦熬，不如苦干，把这里当作洗涤心灵的故乡，燃情在这雪域高原，为白玉教育谱一曲动人的乐章。

这是王成川对自己许下的庄严承诺。他不但在教学上有特长，将多数学生反映"难懂"的物理课讲得深入浅出，活泼生动，而且还一直教导学生如何做人、生活、与人为善，拥有一颗感恩的心。

每每新学期开始，放假归来的师生共聚一堂，王成川都会由衷地感受到"当老师真幸福"。他在学生中间的人气极高，总能受到明星般的待遇，从阶梯到操场，从操场到走廊，从走廊到教室，一路上，学生们要不就伸开五指，激动地和王老师击掌，要不就发自内心地说："老师，看到你真的好高兴！"还有一个藏族学生，生性害羞，他每次远远看到王成川，都会跑过去"抢"老师的书本教案，当成至宝抱在怀里，跟在王成川后面走进教室，一张红扑扑的脸蛋激动得放光。

可爱的孩子们，他们从王成川的言传和身教中，懂得了学习知识的重要性，懂得了外面的世界很大很美丽，懂得了做人不仅要盯着今年的牦牛和虫草，还需要有开阔的眼界、合作的意识和感恩的心。

有一种精神叫"武侯"

回想当初，刚刚进藏两个月，王成川便结合白玉县中学实际，梳理出了《行政值周制度》《班级考核细则》《班主任考核办法》等制度，让学校德育管理逐渐实现制度化、规范化、科学化。学校的制度建设一天天规范起来，行政管理水平也不断提高，王成川却觉得还有改进之处。到底是哪里呢？那日大课间，他站在楼上，望着操场稀稀疏疏站立、懒洋洋做着旧广播体操的学生们，一拍脑门：对了，就是这个"大课间"还需改革创新！

说干就干，王成川亲自设计改革方案，他先跟学校领导、老师通气，但老师们并不买账，说已经延续这么多年，懒得改革了。王成川坚定起来，有着九牛不回的脾气。他说，就因为因循守旧，所以大课间学生都借故上厕所，拖拖延延不愿意做操，咱们首先应该教学生最新一套广播体操，还要加入"成队列密集跑""藏族舞蹈"等环节。

做完老师的工作，王成川又去找学生谈心。学生一听，很感兴趣，还争先恐后告诉他："王老师，人家都说我们藏族人生下来就会跳舞，我们还有专门的'白玉县舞'呢！"

望着孩子们朝气蓬勃的脸庞，因循守旧的老师们默默让步了，王成川大刀阔斧，改革了大课间，礼仪文明规范、学生操行宣誓、广播韵律体操、成队列密集跑、藏族特色舞蹈……丰富多彩的环节看得大家眼花缭乱。学生们兴高采烈，认真参与，他们的活力感染了老师，原先不想动弹的老师也加入到舞蹈之中，跟着孩子们一起欢笑跳跃。王成川还请体育老师教大家跳"兔子舞"，他希望学生能多接触一点外面的世界，不封闭自我，活出多彩人生。

学校同事表扬王成川："成川是爱动脑筋的家伙，你们来了，要给我们白玉带来新的改革。""把武侯精神送进去，将白玉感情带回来。"王成川在白玉工作的时间里，一直是这样践行援藏理念的。他认为，比"物质援助"更为重要的，其实是"智力援助"。在白玉两年，他花了非常大的精力来做好"传帮带"工作，将规范、和谐、高质量的"武侯教育思想"带到藏区，真正为白玉留下一支"带不走的队伍"，让教育事业薪火相传，优秀的理念不断继承创新。

王行均老师是王成川的"传帮带"对象，第一次听王行均的公开课，王成川毫不留情地指出了王行均讲课啰唆、重点不明等问题，通过上百次的一对一指导，还有专题讲座、示范课的教研活动等方面辅助，王行均成长迅速，现在已经是甘孜州初级骨干教师。讲到这里，作为"师傅"的王成川总是乐得合不拢嘴。

王成川如一块璞玉，在白玉"受炼"。回望初来时光，他激情万丈，水土不服，交流受限，慢慢学习乐观、包容、坚韧，现在变得更为睿智、成熟、深刻。白玉给予他的，是人生的宝贵成长经历，是信仰与梦想的锤炼。王成川始终坚信，他遇到的学生是"白玉之玉"。他们积极获取知识的养料，磨砺自我，学习善待人生，追逐理想。白玉的未来，在孩子们身上，在教育身上！

一座建筑的寓言

文/杨家驹

　　建筑是一首凝固的诗,是一部音乐;古老的建筑就是一首古诗,一部隽永的幽远古曲。当代建筑的典范——成都来福士广场,其体现出来的艺术魄力更像是一部气势恢宏的交响乐。

　　国际著名建筑设计师史蒂文·霍尔作为当代建筑界的代表人物,其建筑理念在成都来福士广场的设计中得到了最佳突显。

　　成都来福士广场奇妙的几何体与光线的绝佳配对,建筑的空间构造与光线融为一体,拓展了公共空间,放弃了诸多商业面积,人文色彩明亮,成为市民休闲的好去处。

　　其传递出来的美感和建筑的诗意与绿色的表达,是一种别样的艺术高度。

　　无疑,这座充满创新灵魂、思想内涵、别致艺术的建筑群,有着浓厚的象征色彩和寓意,蕴含的丰富意义产生了让人奋进的动力,体现了成都在改革中奋进的开拓创新精神。

　　面对充满挑战的建筑设计图和图纸上那些线条和数字,没有人不会感到压力。

　　中建三局成都来福士广场项目部党支部书记龚怀东面对这张"陷阱"诸多的试卷,倍感沉重,压力不容分说地朝自己压过来。

　　对这些"刁钻""古怪"的试题,自己究竟应该如何去作答,他无法回避,必须拿出对策。

工作之余不忘公益事业的龚怀东（左一）

意志的磨砺之石

龚怀东作为成都来福士广场项目的先遣队，带领队伍，率先进场。当他推开工地大门，走不过 10 米，就是超过 20 米深的基坑，面积窄小，没有一丝腾挪辗转的地方。"考场"条件艰苦，真可谓"试题难"，"考场"同样难。

望着眼前的状况，他的心情不由得有些低落，甚至怀疑自己来这里是不是正确选择。龚怀东从刚刚完成的鑫苑名家项目过来，那个项目和成都来福士广场项目相比，有着天壤之别。

龚怀东非常清醒，在自己的人生路上，经历过的艰难，让他回味和值得记住的有许多。他在大学求学和工作期间，更是目睹了许多困难，体察到其中的艰辛。这些困境的磨砺，也让他形成了坚韧不拔的做事风格。到了中建三局工作后，龚怀东充满激情，勤奋好学，刻苦钻研，并且从前辈的身上学到了不少优良品质。

项目部刚刚成立，无情的地震就发生了，他立即组织13名志愿者，赴地震灾区绵竹拱星小学、什邡红白小学捐助慰问，同当地师生进行交流，鼓励受灾学生。在灾区，他更感受到了人在困境中应该具有的顽强精神。

在灾区目睹的受灾场景，深深地印在他的脑海，难以消失。地震破坏建筑，他是创造建筑——自己与自然灾害是一对敌人。他在内心发狠地想，自己一定要在建筑上突破新高点，用自己的努力和创造，在人类和自然灾害面前树立一道屏障。离开灾区，他回到工作岗位，在自己的工作中不断反省，思索。灾区途中的所见所闻，让他获得了更深的感悟，困难可以磨砺人的意志。他相信，寻找内在动力，再难的试题只是精神的磨砺之石。

文化凝聚力量

龚怀东站在工地办公室，思索着如何才能打开工作局面。望着摆上桌面的图纸，龚怀东和同事们犯难了，整个工程所涉及的清水混凝土技术在国内刚刚起步，对施工误差的要求非常高，许多节点交汇于一处，工人对钢筋下料及绑扎束手无策。加工、安装、校正等后续工序十分烦琐，不少工人看到如此难度后，都纷纷摇头离开。项目中的清水混凝土、不规则立面、大悬挑、复杂空间定位、大开洞的异形结构施工技术，堪称世界难题。龚怀东的团队面临的首要挑战就是这些施工技术。以前修建各类小区时，从来没有撞上过。队伍的专业水平受到空前挑战。

在小小的办公室里，他感受到了什么是空前绝后，什么是创新的意义，什么叫华山一条路。他面对的就是一座高山，需要自己去攀登。

难怪他自己称办公区是"悬崖边的办公区"。是呀，那些从来没有实施过的施工方案就在身边，天天与这些"刁钻"的"试题"相对，揪着的心一直平静不下来。

项目设计师史蒂文·霍尔先生说，成都来福士广场工程是当时成都乃至中国最难完成的一座建筑，是一座很好看但很难建的工程。

龚怀东偏偏是一个不服输的年轻人。

项目部对工程整体情况进行全面研究后，组建了一支精锐的项目团队，龚怀东担任这个项目团队的党支部书记。作为项目部的"灵魂"和"思想大脑"，关键时刻，他必须挺身而出。

他要另辟蹊径，把大家的精神鼓舞起来，提出了"克难攻坚，舍我其谁"的精神。

他带领党支部一班人，率领16名党员骨干、56名核心管理人员、1000余名建筑从业人员，充分调动党团员骨干力量，依靠全体员工的主观能动性，认真开展"争先创优"和企业文化建设。他在实际工作中，掌握了政治思想工作的基本技巧，运用管理学、心理学等理论，结合当前员工思想实际，不断探索党支部建设和团队建设的管理方法，激发并调动队伍负重工作的耐心。

磨刀刃，齐用力，用文化的精髓形成力量，用团结形成合力，塑造企业精神。在龚怀东的激励之下，队伍信心倍增。这支开始有点沉闷的队伍，激情开始涌动，对接下来的工作充满了必胜的信念。

书写建筑历史

夜与昼，天与地，时间在用固定形式持续记录大地上的纷繁过往，人们又在时间注视下演绎各自不同的故事。而龚怀东和他的团队，却只有一种模式：工作。工作内容：图纸，方案，现场。当被问起多久没有回家看望家人了，龚怀东显得有些迟钝，回答不清楚。回家，是一种温暖，而眼前他不得不把温暖放到一边，工地的诸多难题等待他去解决。

龚怀东同团队一起研究决定，把5万平方米浅色清水混凝土研发与施工作为突破口，紧咬这个节点，鼓足劲，确保一次成型，再解决其他难题。

在这个过程中，他同大家通过"争先"文化这个魂，克难攻坚，挑战进取，塑造了集豪气、朝气、锐气、灵气于一体的"舍我其谁"的豪迈情怀。

他脑海里最清楚的事情只有项目和团队。每天的工作必须有清晰的条理和精密的安排。这个项目是国内第一个超高层浅色清水砼型钢组合结构，清水砼外立面梁柱不设置对拉螺杆、不设置明缝，这在国内清水砼建筑史上没有先例。

书写历史，没有敢为天下先的勇气和气概，必然一败涂地。

龚怀东带领60余人的团队前后耗费两年时间，终于使浅色清水混凝土方案变成实体，并研发达到了表面平整光滑、色泽均匀、具有饰面效果，为定型、样板引路奠定了坚实基础。

接下来，他们又数次前往京城，背负数百公斤钻芯取样试块寻求建筑师鉴定认可，终于在2009年11月10日通过专家论证。龚怀东和项目团队从脑力到体力，经受了全方位的磨炼与考验。而历史的页码，在他们的苦苦追寻里，被翻开，被阅读，被记载。

找到新突破口

清水混凝土技术因其极具装饰效果而得名。一次浇注成型，表面平整光滑，色泽均匀，棱角分明。清水混凝土是混凝土材料中最高级的表达形式，是现代建筑材料无法效仿和媲美的，因而备受建筑师推崇，其体现出来的高贵的朴素，比金碧辉煌更具艺术魅力。

龚怀东和团队秉持"敢为天下先，永远争第一"的企业文化精神，先后成功攻克浅色清水混凝土配置难题，通过国内专家论证，取得了清水砼型钢混凝土组合结构斜撑施工技术、斜撑自密实混凝土施工技术、复杂构件清水模板体系设计技术、新型一次性高强螺栓及端头配套夹具专利技术等多项科技成果。

用扎实的技术攻关与管理实践，给"克难攻坚"做出诠释。为满足混凝土基本力学性能、耐久性以及施工性能要求，他们选准切入点，从原材选型、添加剂使用、白水泥配比等方面着手试验研究。

龚怀东和团队质量控制小组成员为消除对拉螺杆孔眼，殚精竭虑，没有休息日，在全国范围内征集数十种对拉螺杆与配套夹具，并借鉴国外类似工程经验。

历时一个多月，反复试验、对比、筛选，最终确定采用分体夹片式清水混凝土专用对拉螺杆，既保证了模板安装牢靠，又消除了立面螺杆孔眼，使清水混凝土表面更加光滑美观。

那些米字形结构钢筋穿插是难题，复杂节点混凝土无法下料也是难题，清水混凝土外立面不设对拉螺杆孔眼、实现无缝施工更是难题。

怎么办？龚怀东不断地问自己，但他不能把内心的担忧表现出来。"组织安排自己到一线项目部来，不是来说泄气话的，而是在关键时刻要出现在最前排。"

他铆足劲头，具备条件要上，不具备条件创造条件也要上！这种精神，在任何时代都需要坚持！大家以"克难攻坚、舍我其谁"的英雄姿态，充分发挥主观能动性，积极开展"五小"成果、质量控制小组活动。为突破复杂节点混凝土浇筑难题，他们与设计院对重要节点进行优化，还与局商砼公司共同研发自密实清水混凝土，振捣时又创新采用外部附着式振动器。

龚怀东的坚定和团队的齐心协力，表现出了项目团队"内化于心、外化于行"的精神面貌和"克难攻坚、舍我其谁"的坚定信念。

5万平方米清水混凝土要保持立面色调与观感效果的一致性，绝非易事。

针对这个问题，龚怀东和团队运用"制度文化"破解这一难题。每周两次生产例会、质量"三检制"、安全"四不放过"、重大危险源"一票否决"、质安缺陷每周曝光、工人定期交底培训、现场施工样板引路等一系列目标设定、可行性分析、固化措施，对现场施工管理起到积极推动作用。为了保护清水混凝土成品无污染、无碰损，所有清水实体全部采用薄膜包裹，用参与技术研发与清水施工的技术员的话说，"捧在手里怕吓着，含在嘴里怕化了"。大伙都用万千宠爱之情，精心呵护这来之不易的劳动成果与智慧结晶。

从建筑角度判断，清水混凝土目前是混凝土当中的最高境界。而要去管理和推动项目，文化管理无疑是更高层次的管理，更能体现思想的高度。龚怀东和团队扛起"克难攻坚"的行为文化和"舍我其谁"的精神旗帜，在一次又一次考验面前，得到激扬与升华。

做有温度的年轻人

龚怀东和团队并没有因为项目的艰巨、工作的繁忙而"孤立"于社会，更没有忘记身上的社会责任和对企业的担当。龚怀东作为一个有责任感的党员干部，一次次志愿者活动像一扇扇窗口，展现了企业热心公益、员工无私奉献的精神面貌。

龚怀东带领党员、团员和青年志愿者开展惠民关爱行动，他们以"服务居民，奉献爱心，展示形象，共建和谐"为主题，在居民小区"搭台唱戏"，挂牌服务，提供家装咨询、管道疏通等力所能及的帮助。他们深入各居民区，以主动沟通的姿态和提供家政服务的方式，赢得了居民的理解与支持。

一对年逾古稀的夫妇竖起大拇指："你们姿态很高，非常注重企业形象，做得很好！"

在省考古院，两位住户听说项目特别，便饶有兴致地提出想参观工地，龚怀东立即安排志愿者带领他们参观了施工区、办公区、文化墙和餐厅。

参观后这两位住户由衷赞叹："真是现代化的工地管理，就连工地也这么整洁，漂亮。不简单！"

志愿者出现在数码广场、闹市街头，行人纷纷驻足夸赞："你们项目部注重细节，这样的服务活动很贴心。"

志愿者到毗邻项目施工区域的考古研究所小区为居民提供便民维修服务，还向周边社区居民发放和讲解了《家装实用手册》，从专业角度指导如何进行装修，并提醒房屋装修的注意事项，解释装修法律权属等方面问题。

在开展"弘扬雷锋精神，奉献无私爱心"为主题的志愿者活动中，志愿者驱车前往成都 SOS 儿童村。他们了解到儿童村内房屋外墙抹灰开裂脱落，随即组织工人前往儿童村进行维修。最后，他们还给儿童村小朋友捐赠了学习用品。

他们心系灾区，为玉树地震灾区、舟曲泥石流灾区以及社区贫困居民捐赠款项近 10 万元，开展志愿者服务活动累计超过 1000 个工时。

龚怀东和志愿者组织的这类惠民服务活动，方式活跃，贴近群众，增进了与市民的感情，获得了普遍赞誉和良好的口碑。

榜样的力量

文 / 何竞

"你之前做过食品行业吗？"

"没有。"

"先到更衣室，换上咱们的工作服，戴上工作帽，我再带你去看车间环境。"

"付主任，我能不能不戴工作帽？昨天才烫的头发，会压扁的。"

"厂里有厂里的规定，如果这点规矩都无法遵守，又如何在食品行业工作？"

一阵窸窸窣窣的声音，小青年心不甘情不愿地换好了装，戴白色工作帽时，他倒吸了一口冷气，紧紧一闭眼，才狠下心将自己烫得蓬蓬松松的头发塞进了帽子。现在，他感觉自己还未正式成为付文龙手下的兵，已经受了天大的委屈。作为补偿，他想付主任不会拒绝回答他一个小小的问题："付主任，我的月工资到底有多少啊？"

"薪金是按你的工作能力来核定的，现在还无法回答你一个准数。"

小青年撇撇嘴角，脸上浮现出一丝大不以为然的神情，自言自语道："哼，如果工资低，谁愿在这里卖力气？早点走人还省得浪费时间。"

"小兄弟，"付文龙慢下脚步，这次，人家没问他，他主动开口

生产一线成长起来的付文龙

了，言语诚挚恳切，"我希望咱们车间、咱们厂的每一名员工都不要这么想，一个人的认真和坚持比他的能力还宝贵，还重要。"

小青年懵懂地站在原地，付文龙已经往前，推开了炒制车间的门。这个43岁的男人，个头不高，面容朴实，脚步铿锵有力，背影挺拔自信。

水泡留下的疤印

付文龙既是一个普通的乡村青年，又是不普通的。说他普通，因为他的选择似乎和村里同龄人差不多，中学毕业后，到离家不远的乡镇企业打工，在那家纸厂，一干就是好几年，而后结婚生子，成为幸福甜蜜同时又肩负重担的"顶梁柱"。说他不普通，是因为付文龙的祖父和父亲都是党员，长辈从小就教导付文龙要"踏踏实实做事，认认真真做人"。所以，他比别的乡村年轻人多了一份自律和严谨，幼时伙伴也说他有些"少年老成"，明晓得有危险或者逾矩的事坚决不做，就算你怎么激将他，他都能保守自己的原则，年轻时的付文龙在大家眼里有几分刻板无趣。

1999 年，原本在农业银行工作的父亲因病去世，家里骤然减少一份经济收入。妹妹那时已先兄长一步"闯荡"成都，在"小天鹅"上班，她发电报给 26 岁的付文龙，让哥哥也来一起打工，因为在乡下种地赚到的钱实在有限，付文龙又要照顾年岁渐长的母亲，又要抚养膝下幼女，倘若手里没几个"活钱"，日子实在不好过。

付文龙就这样到了"小天鹅"，开始学习炒制火锅底料，这一炒，便是好几年。他身边不乏喜欢跳槽的工友，有些工友连试用期都没待满，就快速转到下一家企业，他却相当"坐得住"。他从一开始对食品行业一窍不通，到慢慢上路，成为熟手，没有想过要频繁更换工作，只想自己工作努力一点，再努力一点，这个月比上个月能多拿一点奖金，可以给妻儿母亲多买一样礼物，这是多有盼头的生活啊，白天炒料炒得疲惫不堪、两只胳膊发肿的付文龙躲在被窝里都嘿嘿笑出声来。

小时候，付文龙的父亲因为要上班，只能当"周末爸爸"。父亲一回来，付文龙和妹妹都争着和父亲说话，父亲一边应对儿女提问，一边还要手脚不停地忙碌劳作。付文龙在还未恋爱成家之前，对于未来的家庭生活，其实早已"心有样板"，那作为榜样的便是可敬的父亲。父亲总是将母亲双肩往下按，将她按到院坝的小板凳上，让她乖乖休息，而他袖子一卷，便是割草、煮猪食、洗衣服、上灶大显厨艺。那时的付文龙和妹妹手拉手，羡慕地望着父亲忙得滴溜转的身影。父亲对母亲说："你平时辛苦了，现在赶紧歇歇，有事我来做。"多年后，榜样的力量入骨入血入心，也变成了付文龙每次回老家的真实写照。

有的打工仔，回家就像大帅回朝，恨不得媳妇把饭菜端来，一口口喂给他吃，付文龙却在家忙个不停，将农活干了，猪圈打扫了，屋顶补好了，然后将手洗得干干净净的，开始煎炸煮炖。他是一个肯下厨并且爱下厨的男人，对于美食，有一种天然的亲切感。有一次，工友给他念了一则网络新闻，说的是现在个别都市人因为担心食品安全问题，这不敢吃那也不敢喝，久而久之，竟然将自己生生逼成了厌食症，想吃也吃不下东西了！付文龙听了之后，激愤得直拍大腿。他说，人是靠食物活着的，连"吃"都不敢了，那多可怜啊！而自己作为一个食品行业的工人，他能做的就是为大家生产出"放心食品"和"良心食品"，让厌食症患者的噩梦不再重演。

在"小天鹅"工作几年后，因为公司要搬迁到重庆，付文龙思考再三，为了离家近一点，便于照顾一家老小，他选择挥泪告别"小天鹅"。2007年，付文龙进入了影响他至深，有幸能与之共同成长的鼎新公司。

付文龙走进鼎新公司当时的炒制车间就傻了眼：厂房空间低矮，往炒锅前一站，还没有挥铲子呢，已经热得双眼刺疼，汗如浆下，呛得喉痛如烧，咳嗽连连。那时一起来的工人悄悄打了退堂鼓。付文龙却坚持了下来，他说："你不坚持的话，根本不知道将来会不会变得更好，就当给自己一个机会吧。"

有时，工序明明正确无误，却还是会"横遭飞溅"，比如炒制鱼香肉丝的料包，因为料里有泡椒和泡姜，水分遇到沸油，冷不丁地飞溅到炒制工脸上，痛得直龇牙。如今，他伸出双臂，还能依稀见到水泡留下的疤印。

这些伴随疤印一路走来的日子，付文龙觉得弥足珍贵，因为在那里，他从一名普通工人真正成长为行业专家。

"土专家"的巧发明

付文龙是鼎新公司鼎鼎有名的"发明家"，2011年，他的两项小发明"硅胶清洗刮片"和"500升物料运输车"获得了成都市职工创新成果优秀奖。付文龙不爱谈成绩，他谦虚地说："其实能发明这些，归功于农民工的优势。我们从小在农村长大，有时思维和城里人不同，会想出一些因地制宜的'土办法'来解决问题，厂里很支持工人创新，我算是碰上了好机遇。"

"硅胶清洗刮片"的横空出世，是因为付文龙这个朴实的农村小伙从小节俭惯了，他看不得浪费。当时，厂里炒制物料，在清洁锅底时，工人一不小心就会被烫伤，而且压根洗不干净，只能用高压水龙头猛冲，将那些留滞物料都当废物冲走。付文龙心疼极了，他开动脑筋，想找一种工具，在清洁锅底时既不浪费物料，又不烫手，方便操作，还符合食品安全。

付文龙开动脑筋，首先想到了铁铲，但铁铲根本刮不干净，后来选用塑料，但塑料在高温之下不但会软化，还会释放有毒物质，不符合食品安全，被坚决弃用。最后，付文龙想到了硅胶，在经过了前前后后几十次的改进调整后，做成了长20厘米、宽18厘米的硅胶刮片。细心的他还给每个硅胶刮片配置了一个闪亮亮的不锈钢把手，看上去干净卫生，极富现代气息。

付文龙文化程度不高，但他特别"敢想敢做"。他坦言，自己没有经过专业的机械操作理论培训，但想法多是从实际出发，从"土办法"中得到创新灵感，为生产实践提供了简单实用的改进良策。

为了节约成本，工厂着手研发一套"自动搅拌输送系统"，细心的付文龙发现了问题：如何把位置相对低的成品输送到更高的灌装机呢？他在工程师身后直转悠，拍着脑袋苦苦思考这个问题。他的样子，把工友逗笑了："付文龙，你一个两腿都是泥的乡娃子，水平哪里赶得上人家工程师？还是省省，不要在那儿添乱了吧。"他不理会工友的挖苦，忽然灵光一闪：对啊，乡娃子……农村打水使用水井泵，增压原理是不是也能运用到咱的输送系统中呢？他的建议让工程师们大受启迪，最终，大家一起成功研发出了"自动搅拌输送系统"，大大提高了生产效率，也让大家对这个"乡娃子"刮目相看。

赞誉之前，付文龙不改谦虚本色，他说："其实没啥，要把企业当成是自己的家，只有企业发展好了，我们才会跟着发展好，所以，为啥不千方百计为企业解决难题，全力将企业生产搞上去呢？"

"以企业为家"，并非空话。付文龙在很多人眼里，有几分傻气，因为他时时刻刻都记得自己是工厂的一员，所以，任何有损工厂利益的事，不管对方是谁，他都坚决反对。

2012 年，付文龙因为工作出色，被提拔为炒制车间主任，"升官"不久后发生的一件小事，让相熟的工友为他捏了一把汗，怪他太不懂圆滑世故。

那天，厂里有位领导来巡视车间，原本领导突击巡视无可厚非，但这位领导穿着便装，没戴帽子，便这般随随便便地进来了。厂区经过了整体搬迁，现有的车间与过去天壤之别，高高的房架，一尘不染的地板，工人们都在半自动炒锅前按流程操作，冷不丁地冒出一个便装领导，大家都吓了一跳。

付文龙眼尖，他这个车间主任一直是战斗在第一线的老黄牛，只要有时间都泡在车间里，即使暑热炎炎，炒制车间炒物料时为了保证一定高温，不能安装空调，他也没想过到空调房偷偷懒。付文龙噔噔走过去，对领导毫不留情地说："如果您要进来巡查，请先更换工作服再进车间。"领导哼了一声，不以为然地回答："我就进来看看，有什么关系？又不动手摸你们的食品。"付文龙严肃地皱紧了眉头，毫不通融地说："如果您的头发丝掉进物料，到时包装上市，消费者找企业麻烦，这个责任您负得起？如果负不起，那就请您先出去，换了正规着装再进来。"

在付文龙的坚持之下，那位领导最终乖乖服输了。虽然付文龙获得了"胜利"，工友却骂他"憨包"。如果那位领导记恨他，到时给他"小鞋"穿怎么办？毕竟他这个车间主任的位子还没坐热呢！付文龙听了淡淡一笑，他说："如果我只是贪恋这个主任的位子就不说该说的话，那这主任当着又有什么意思？企业不是属于老总一个人的，而是属于我们每个普通员工的，只有大家都严守规则，'食品安全'才不是一句空话。"

一颗知恩图报的心

付文龙"以厂为家，我是主人公"的事迹感动了很多人，但他摆摆手说：这没什么了不起的，因为一开始，是工厂对他好，给了他归宿感，让他工作得开心快乐，没有后顾之忧，做人当然要知恩图报，为企业的发展贡献力量。

付文龙"感恩仓库"里有一件旧事，发生在 2008 年，那时他女儿参加中考，他去咨询时了解到，像他女儿这样的农民工子弟，要提交社保等证明材料才能在当地参加考试，需要他所在企业出具社保证明。他和领导谈及此事时，其实心里完全没有底，没想到领导不但爽快答应，而且还为他补买了前三个月的社保。付文龙说："将心比心，企业拿出一颗真心对待员工，员工怎能不掏出真心回报企业？"

付文龙当上车间主任后，最感头疼的一件事是工友们"舍得吃苦，舍不得吃亏"，不管分派什么脏活、重活、累活，大家都能热火朝天地完成，但到了发薪日，这个说"啊哟，我这个月怎么比上个月少了十五元嘛"，那个说"咱们干一样的活，你为啥就比我多二十五呢"……作为车间主任，付文龙当然是费尽心思去解释和说明。但到了下个月，大家重开一次"抱怨会"，付文龙免不了又要花费一番口舌。

但某个月开始，别的车间发现，炒制车间的同事仿佛"舍得吃亏"了，这个神奇的转变后面，原来还有付文龙的两个小故事，分别是"300元"和"孝顺金"。

"300元"是实实在在的人民币。那时，付文龙作为公司代表参加了市总工会的会议，开完会，他回公司找到党总支副书记，将300元上交，说这是大会发的误工补助，他是代表大家参会的，所以这补助应该属于大家而不属于自己。

对于付文龙这一举动，有人说他傻，还有人说他作秀，他压根不管人家怎么说怎么想，他就是愿意"吃亏"，愿意"舍得"，愿意遵守自己内心的准则，遵照内心那杆秤去做人行事。

付文龙来自农村，他周围很多同事的父母也都住在乡下，儿女出来打工，"空巢老人"们不但要担负劳作的艰辛，同时还要面对空虚寂寞。付文龙号召公司推行"孝顺金"制度，每月由员工个人和公司各出一部分，建立"孝顺金"个人账户，每年末一次性汇给员工父母，钱虽不算多，却是实实在在的关心和孝行。

付文龙的倡导和行动感染了很多人，那些说怪话的，唱反调的，自觉无趣，也慢慢闭了嘴。付文龙并不是"痛恨金钱"，相反他有家庭要负担，有老母要照顾，有女儿要抚养，钱对他来说也是非常重要的，但比起金钱，他更为看重的是"人心"。一个人，是否工作得开心，活得舒展，这比坐拥金山银山更重要。这也是他热爱这份工作的原因，他说自己是一个简简单单的人，愿意为这份工作全心付出，也能从中得到扎扎实实的快乐。

工友们不爱叫付文龙"主任"，更爱称他"老大"。"老大，我家里有事，能不能借点钱应急？""老大，我这个月钱又花光了，上次欠你的钱下个月再还好吗？"大家数不清，付文龙已经为大家救过多少次急，解过多少次囊了。他这个管理者和学校培训的管理者有着截然不同的风格，更多的时候，他不是在"说"，而是默默地"做"，用他的行动来感化大家，久而久之，感染力渗透肌肤，大家都"服"了付文龙。同事蒲兵国这样评价付文龙："付文龙的威信来自于他的行动，因为第一个吃亏的总会是他自己。"

地上有一张废纸，付文龙默默捡起来。排队打饭，排在前面的工友让他"加塞儿"，先帮他打，他不，老老实实排在后面，慢慢挪动。新来的工人叫苦叫累不迭，他亲自上岗示范操作。"你看，我都能一一操作完成，你比我年轻得多，应该更不在话下吧？"

付文龙成了一面旗帜、一个榜样，但他面对种种荣誉时，总是再三谦逊，他觉得自己并没什么了不起的，如果取得了一丁点成绩，也只因他的不懈坚持。从一无所有打工、艰辛环境咬牙挨住、屡受讥讽不改初衷，到今天的稳定与发展，他从未松懈，愿以对待爱人般的专一来对待工作——热情不减，忠贞如一，爱得深沉而专注。